Neue Arche Bücherei 14

Natalia Ginzburg
Valentino

Eine Erzählung

Aus dem Italienischen von Maja Pflug

Arche

Die italienische Originalausgabe erschien u. d. T. *Valentino*

Gestaltung: Max Bartholl, Frankfurt
Satz: Uhl + Massopust, Aalen; Druck: Paul Robert Wilk, Seulberg
Printed in Germany
ISBN 3-7160-5014-8

Heute ist es schwierig, die Wirklichkeit zu erzählen, weil sie nebelhaft, wirr, chaotisch, unentzifferbar geworden ist. Jeder kann nur einen sehr kleinen Ausschnitt aus ihr kennen. Darum glaube ich, daß man heute nur noch erzählen kann, wenn man ›ich‹ sagt.

Natalia Ginzburg

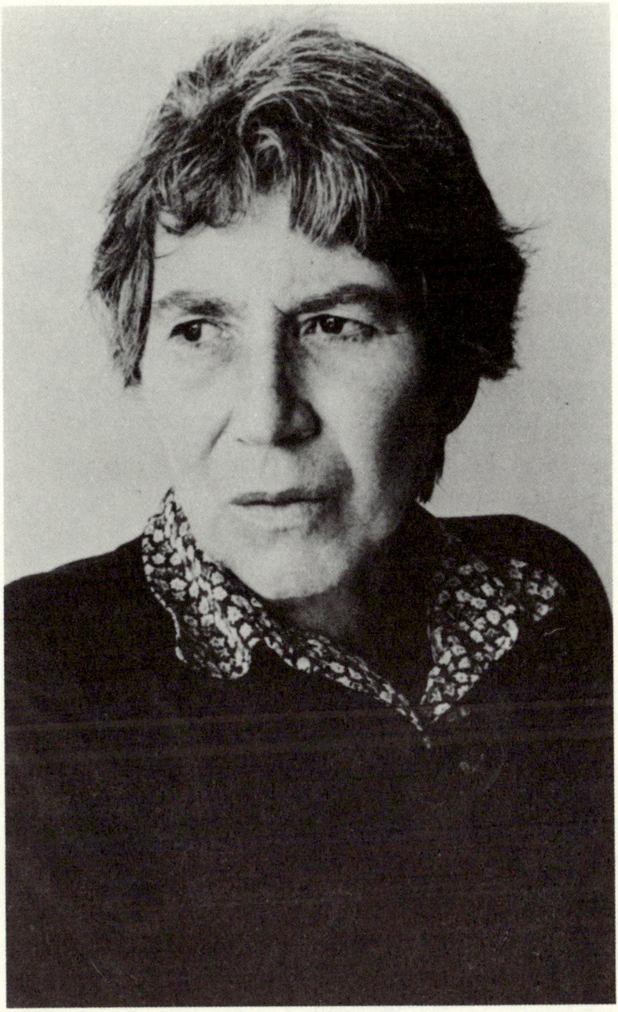

Die Personen, die Orte und die Begebenheiten dieser Erzählung sind frei erfunden. Jeder Bezug zur Realität ist rein zufällig.

Ich wohnte mit meinem Vater, meiner Mutter und meinem Bruder in einer kleinen Wohnung im Zentrum. Unser Leben war hart, und wir wußten nie, wie wir die Miete bezahlen sollten. Mein Vater war Lehrer im Ruhestand, und meine Mutter gab Klavierstunden: man mußte ein wenig meine Schwester unterstützen, die mit einem Handelsvertreter verheiratet war, drei Kinder hatte und es nicht schaffte, durchzukommen; und man mußte meinem Bruder, der studierte, den Lebensunterhalt bezahlen, und mein Vater glaubte, er würde ein großer Mann werden. Ich ging ins Lehrerinnenseminar, und in meiner Freizeit gab ich den Kindern der Pförtnerin gelegentlich Nachhilfestunden: die Pförtnerin hatte Verwandte auf dem Land und revanchierte sich mit Eßkastanien, Äpfeln und Kartoffeln.

Mein Bruder studierte Medizin, und ständig war Geld nötig, einmal für das Mikroskop, einmal für die Bücher und die Studiengebühren. Mein Vater glaubte, er würde ein großer Mann werden: es gab vielleicht keinen Grund, das zu glauben, aber er glaubte es: schon als Valentino klein war, hatte er begonnen, so zu denken, und vielleicht fiel es ihm jetzt schwer, damit aufzuhören. Mein Vater saß den ganzen Tag in der Küche und phantasierte

allein vor sich hin: er stellte sich vor, wie Valentino ein berühmter Arzt sein und zu den Kongressen in den großen Hauptstädten Europas fahren und neue Medikamente und Krankheiten entdekken würde. Valentino dagegen schien keine Lust zu haben, ein großer Mann zu werden: zu Hause vertrieb er sich gewöhnlich die Zeit mit einem Kätzchen; und für die Kinder der Pförtnerin machte er Spielzeug aus Sägemehl und ein paar alten Stoffresten: er machte Hunde und Katzen und auch Teufel mit großen Köpfen und langen, knorrig verwachsenen Körpern. Oder er zog sich von Kopf bis Fuß wie ein Skifahrer an und betrachtete sich im Spiegel: zum Skifahren ging er kaum, denn er war träge und litt unter der Kälte: aber er hatte sich von meiner Mutter einen ganz schwarzen Skianzug mit einer weißen Wollmütze machen lassen: so angezogen fand er sich sehr schön und spazierte vor dem Spiegel hin und her, erst mit einem um den Hals geworfenen Schal und dann ohne; und er trat auf den Balkon, um sich den Kindern der Pförtnerin zu zeigen.
Viele Male hatte er sich verlobt und wieder entlobt, und meine Mutter war eifrig bemüht gewesen, das Eßzimmer zu putzen und sich gut anzuziehen. Es war schon oft passiert, und so glaubten

wir es nicht, als er uns sagte, er werde noch in diesem Monat heiraten, und lustlos machte sich meine Mutter ans Putzen des Eßzimmers und zog ihr graues Seidenkleid an, das den Prüfungen ihrer Schülerinnen am Konservatorium und den Verlobten vorbehalten war.
So erwarteten wir eins der üblichen kleinen Mädchen, von denen er schwor, er würde sie heiraten, und die er vierzehn Tage später sitzenließ, und wir meinten inzwischen begriffen zu haben, welche Art Mädchen ihm gefiel: kleine Mädchen mit Mützen, die noch aufs Gymnasium gingen. Gewöhnlich waren sie sehr eingeschüchtert und erschreckten uns kein bißchen, da wir ja wußten, daß er sie sitzenließ, und auch, weil sie so sehr den Klavierschülerinnen meiner Mutter glichen.
Als er dann mit der neuen Verlobten kam, verschlug es uns vor Verwunderung so den Atem, daß keiner ein Wort hervorbrachte. Denn diese neue Verlobte war etwas, das wir uns nicht hatten vorstellen können. Sie trug einen langen Marderpelz und flache Schuhe mit Gummisohlen, und sie war klein und fett. Sie trug eine schildpattgefaßte Brille, und hinter dieser Brille musterte sie uns mit strengen, runden Augen. Sie hatte eine leicht verschwitzte Nase und einen Schnurrbart. Auf

dem Kopf trug sie einen schwarzen Hut, der auf der einen Seite ganz eingedrückt war: wo der Hut sie nicht bedeckte, sah man mit der Brennschere ondulierte, zerzauste schwarze Haare mit grauen Strähnen. Sie mußte mindestens zehn Jahre älter sein als Valentino.

Valentino redete und redete, denn wir schwiegen. Valentino sagte hunderterlei auf einmal, über die Katze und über die Kinder der Pförtnerin und über das Mikroskop. Er wollte die Verlobte sofort in sein Zimmer führen, um ihr das Mikroskop zu zeigen, aber meine Mutter widersetzte sich, weil das Zimmer noch unaufgeräumt war. Und die Verlobte sagte, daß sie sowieso schon viele Mikroskope gesehen habe. Da ging Valentino die Katze suchen und brachte sie ihr. Er hatte ihr ein Band mit einer Schelle um den Hals gebunden, damit sie einen guten Eindruck machen sollte. Aber die Katze war sehr verschreckt wegen der Schelle und kletterte am Vorhang hoch, und von dort betrachtete sie uns fauchend, mit gesträubtem Fell und wilden Augen, und meine Mutter fing an zu wimmern vor Angst, sie könnte ihr den Vorhang ruinieren.

Die Verlobte steckte sich eine Zigarette an und begann zu sprechen. Sie sprach mit der Stimme eines Menschen, der gewohnt ist, Befehle zu erteilen, und bei allem, was sie sagte, schien es, als gebe sie uns einen Befehl. Sie sagte, sie habe Valentino lieb und vertraue ihm; sie habe Vertrauen, daß er aufhören werde, mit der Katze zu spielen und Spielzeug zu fabrizieren. Und sie sagte, sie habe sehr viel Geld, und so könnten sie heiraten, ohne zu warten, bis Valentino verdiente. Sie sei allein und frei, denn ihre Eltern seien tot, und sie brauche niemandem Rechenschaft abzulegen über ihr Tun und Lassen.

Plötzlich begann meine Mutter zu weinen. Es war ein etwas peinlicher Augenblick, und man wußte nicht recht, was zu tun sei. Denn es war keinerlei Rührung in jenem Weinen meiner Mutter, sondern nur Kummer und Schrecken: ich spürte es, und mir schien, auch die anderen müßten es spüren. Mein Vater klopfte ihr leicht auf die Knie und schnalzte leise mit der Zunge, wie man es tut, um ein Kind zu trösten. Die Verlobte wurde auf einmal ganz rot im Gesicht und rückte zu meiner Mutter hin: ihre Augen funkelten unruhig und herrisch, und ich begriff, daß sie Valentino um jeden Preis heiraten würde. »Da weint sie, die Mama«, sagte Valentino, »immer sitzen ihr die Tränen locker.«

»Ja«, sagte meine Mutter, trocknete sich die Tränen, fuhr sich durchs Haar und richtete sich auf. »Ich bin zur Zeit etwas angegriffen, und mir kommen oft die Tränen. Die Nachricht hat mich ein wenig überrascht: aber Valentino hat immer getan, was er wollte.« Meine Mutter war in einem herrschaftlichen Internat erzogen worden; sie war sehr wohlerzogen und besaß eine große Selbstbeherrschung.

Dann erklärte die Verlobte, daß sie und Valentino heute die Möbel für den Salon kaufen gehen würden. Sonst müßten sie nichts mehr kaufen, denn es gebe in ihrem Haus schon alles Nötige. Und Valentino zeichnete meiner Mutter den Plan des Hauses auf, in dem die Verlobte schon seit ihrer Kindheit wohnte und wo sie nun zusammen wohnen würden: eine dreistöckige Villa mit Garten, in einem Viertel mit lauter Gärten und Villen.

Als sie gegangen waren, blickten wir uns eine Weile stumm an; dann sagte meine Mutter, ich solle gehen und meine Schwester holen, und ich ging.

Meine Schwester wohnte im obersten Stockwerk eines Hauses am Stadtrand. Den ganzen Tag tippte sie auf der Maschine Adressen für eine Firma, die ihr soundsoviel pro Umschlag bezahlte. Sie hatte immer Zahnweh und trug einen Schal um den Mund. Ich sagte ihr, daß die Mama mit ihr sprechen wolle; sie fragte, was los sei, aber ich sagte es ihr nicht. Sie war richtig neugierig, nahm ihr kleinstes Kind auf den Arm und kam mit.

Meine Schwester hatte nie geglaubt, daß Valentino ein großer Mann werden würde. Sie konnte ihn nicht ausstehen und machte jedesmal, wenn sie von ihm sprach, ein böses Gesicht, und sogleich fiel ihr all das Geld ein, das mein Vater ausgab, um ihn studieren zu lassen, während sie Adressen tippen mußte. So hatte meine Mutter ihr den Skianzug verheimlicht, und wenn meine Schwester zu uns kam, mußte man in Valentinos Zimmer laufen und nachsehen, ob nicht dieser Anzug oder andere neue Sachen, die er sich hatte machen lassen, herumlagen.

Es war jetzt schwer, meiner Schwester Clara zu erzählen, was geschehen war. Daß da eine Frau mit viel Geld und Schnurrbart war, die sich den Luxus leisten wollte, Valentino zu heiraten, und daß er einverstanden war. Daß er all die Mädchen mit den Mützen hinter sich gelassen hatte und mit einer Dame im Marderpelz in der Stadt unterwegs war auf der Suche nach Möbeln für den Salon. Er hatte die Schubladen noch voll mit Fotografien und Briefen von jungen Mädchen. Und in dem neuen Leben mit jener Frau mit der Schildpattbrille und dem Schnurrbart würde er es wohl einrichten können, daß er ab und zu entwischte, um sich mit den Mädchen mit den Mützen zu treffen; und dann würde er ein wenig Geld ausgeben für ihr Vergnügen: ein wenig Geld: nicht viel, denn er war grundsätzlich geizig, wenn er für die anderen Geld ausgeben sollte, das er für das seine hielt.

Clara blieb, hörte meinen Vater und meine Mutter an und zuckte mit den Schultern. Sie hatte starkes Zahnweh und mußte Adressen tippen; und außerdem mußte sie waschen und die Kinderstrümpfe stopfen. Warum hatten wir sie bemüht und bis zu uns kommen lassen, so daß sie den ganzen Nachmittag verloren hatte? Sie wollte nichts von Valentino wissen, weder was er machte, noch wen er heiratete: die da war bestimmt eine Verrückte, denn keine vernünftige Frau konnte ernsthaft erwägen, Valentino zu heiraten; oder sie war eine Hure, die ihren Gimpel gefunden hatte, und vermutlich war der Pelzmantel unecht: Papa und Mama verstanden ja nichts von Pelzen. Doch meine Mutter sagte, daß der

Pelz wirklich echt sei; und die Frau sei anständig und eine Dame mit wirklich guten Manieren, und sie sei nicht verrückt. Nur zum Erschrecken häßlich sei sie: und meine Mutter schlug die Hände vors Gesicht und begann wieder zu weinen, als sie daran zurückdachte, wie häßlich sie war. Doch mein Vater sagte, dies sei nicht der Punkt, und wollte erklären, wo der Punkt lag, und setzte zu einer längeren Rede an, doch meine Mutter ließ ihn nicht ausreden: denn meine Mutter ließ ihn nie ausreden, meinen Vater, und die Worte blieben ihm im Halse stecken, und er regte sich auf und schnaufte.

Man hörte laute Geräusche im Korridor, und es war Valentino, der zurückkam. Er war auf Claras Kind gestoßen und begrüßte es überschwenglich. Er hob es hoch, zur Decke hin, und stellte es dann wieder auf den Boden: und aufs neue ließ er es hochfliegen, und das Kind lachte laut. Und einen Moment lang wirkte Clara froh über dieses Lachen ihres Kindes: doch gleich darauf wurde ihr Gesicht bitter und böse wie immer, wenn sie Valentino vor sich hatte.

Valentino begann zu erzählen, daß sie die Möbel für den Salon ausgesucht hätten. Empire-Möbel. Er sagte, was sie kosteten, sagte Zahlen, die uns riesig erschienen: er rieb sich heftig die Hände und warf jene Zahlen freudig in unser kleines Zimmer. Er holte eine Zigarette hervor und zündete sie an: mit einem goldenen Feuerzeug. Maddalena, seine Verlobte, hatte es ihm geschenkt.

Er hatte nicht bemerkt, daß wir stumm und verlegen waren. Meine Mutter vermied es, ihn anzusehen. Meine Schwester hatte das Kind auf den Arm genommen und zog ihm die Handschuhe an. Seit sie das Feuerzeug gesehen hatte, lächelte sie mit verkniffenem Mund: sie deckte den Schal über jenes Lächeln und ging mit ihrem Kind auf dem Arm davon. »So ein Schwein«, murmelte sie in den Schal, schon auf der Schwelle.

Sie hatte das Wort ganz leise gesagt, doch Valentino hörte es. Er wollte Clara nachlaufen, die Treppe hinunter, und wissen, warum sie Schwein gesagt hatte, und meine Mutter konnte ihn nur mit Mühe zurückhalten. »Wieso Schwein?« fragte Valentino meine Mutter. »Wieso hat sie Schwein zu mir gesagt, diese feige Memme? Weil ich heirate, nennt sie mich ein Schwein? Was glaubt sie denn, diese feige, alte Memme?«

Meine Mutter glättete die Falten ihres Kleides, seufzte und schwieg; und mein Vater stopfte sich die Pfeife mit heftig zitternden Fingern. Dann rieb er ein Streichholz an seiner Schuhsohle, um die Pfeife anzuzünden, doch da näherte sich ihm Valentino mit dem Feuerzeug. Mein Vater besah einen Augenblick Valentinos Hand mit dem brennenden Feuerzeug: und plötzlich stieß er diese Hand von sich, warf die Pfeife weg und verließ das Zimmer. Dann erschien er nochmals in der Tür und fuchtelte und schnaufte, als wolle er eine Rede anfangen: doch statt dessen ging er wortlos, heftig die Tür zuknallend.

Valentino hatte es den Atem verschlagen. »Warum denn?« fragte er meine Mutter. »Warum ist er denn wütend geworden? Was haben sie bloß? Was habe ich getan?«

»Die Frau ist zum Erschrecken häßlich«, sagte meine Mutter leise. »Sie ist wirklich grauenhaft, Valentino. Und da sie sagt, sie sei so reich, werden die Leute denken, du tust es wegen des Geldes. Wir denken es auch, Valentino. Denn wir können gar nicht glauben, daß du dich verliebt hast, du, du bist doch immer den hübschen Mädchen nachgelaufen, und keine schien dir je hübsch genug. Und so etwas ist bei uns noch nie vorgekommen: noch nie hat jemand von uns etwas nur des Geldes wegen getan.«

Valentino sagte darauf, daß wir nichts verstanden hätten. Seine Verlobte sei nicht häßlich: er zumindest finde sie nicht häßlich und schließlich, mußte sie nicht ihm allein gefallen? Sie habe schöne schwarze Augen und eine vornehme Haltung: und zudem sei sie sehr gescheit, sehr gescheit und sehr gebildet. Er habe all die kleinen Mädchen satt, die über nichts zu reden wußten, mit Maddalena dagegen spreche er über Bücher und einen Haufen anderer Sachen. Er heirate nicht des Geldes wegen: er sei kein Schwein. Auf einmal war er beleidigt und schloß sich in seinem Zimmer ein.

Noch in den darauffolgenden Tagen spielte er den Beleidigten, den Mann, der dabei ist, eine der Familie mißliebige Ehe einzugehen. Er war ernst, würdevoll, ein wenig blaß und sprach nicht mit uns. Er zeigte uns die Geschenke seiner Verlobten nicht, doch jeden Tag hatte er ein neues: am Handgelenk trug er eine goldene Präzisionsuhr mit weißem Lederarmband; und er hatte eine Brieftasche aus Krokodilleder und jeden Tag eine neue Krawatte.

Mein Vater sagte, er würde gehen und mit Valentinos Verlobten sprechen. Meine Mutter dagegen wollte nicht, daß er hinginge: zum einen, weil mein Vater herzkrank war und sich nicht aufregen durfte; und zum anderen, weil sie keinerlei Vertrauen besaß in das, was er sagen mochte. Mein Vater sagte nie etwas Vernünftiges: vielleicht war das Ende seines Gedankens vernünftig, doch er kam nie dazu, seinen Gedanken bis zum Ende auszuführen: er verlor sich in vielen unnützen Worten, Abschweifungen und Kindheitserinnerungen und stammelte und schnaufte. So gelang es ihm zu Hause nie, eine Rede zu Ende zu bringen, weil wir keine Geduld hatten: und er trauerte immer der Zeit nach, in der er noch Schule hielt, denn damals konnte er sprechen, soviel er wollte, und es war keiner da, der ihn demütigte.

Mein Vater war Valentino gegenüber immer sehr scheu gewesen: nie hatte er gewagt, ihm Vorwürfe zu machen, nicht einmal, als er bei den Prüfungen durchgefallen war: und nie hatte er aufgehört zu glauben, daß er ein großer Mann werden würde. Jetzt dagegen schien es, als habe er aufgehört, daran zu glauben: er hatte einen unglücklichen Gesichtsausdruck und schien plötzlich alt geworden. Er wollte nicht mehr allein in der Küche sitzen: er sagte, in dieser dumpfen Küche würde er verrückt, und setzte sich unten vor dem Haus in ein Café und trank

Chinotto; oder er ging bis zum Fluß und sah beim Fischen zu und kam schnaufend und vor sich hin phantasierend nach Hause zurück.

So willigte meine Mutter, um Frieden zu haben, ein, daß er Valentinos Verlobte besuche. Mein Vater zog seine besten Kleider an, er setzte auch seinen besten Hut auf und trug Handschuhe: und ich und meine Mutter blieben auf dem Balkon stehen, um ihm nachzusehen, während er davonging. Und als wir ihm so mit den Augen folgten, überkam uns eine geringe Hoffnung, es könnte sich doch noch alles zum Besten wenden: wir wußten nicht, wie, und wir wußten nicht einmal recht, was genau wir hoffen sollten, und wir konnten uns auch nicht vorstellen, was mein Vater sagen könnte; aber es war für uns ein so heiterer Nachmittag, wie es lange keinen mehr gegeben hatte. Mein Vater kehrte spät heim und wirkte sehr müde: er wollte sofort ins Bett gehen, und meine Mutter half ihm beim Ausziehen und befragte ihn dabei: doch diesmal schien er keine Lust zu haben zu reden. Als er im Bett lag, mit geschlossenen Augen, mit aschfahlem Gesicht, sagte er: »Sie ist eine gute Frau. Ich habe Mitleid mit ihr.« Und nach einer Weile sagte er: »Ich habe die Villa gesehen. Eine sehr schöne Villa, sehr luxuriös. So einen Luxus haben wir hier nie auch nur von weitem gerochen.« Er schwieg einen Augenblick und sagte dann: »Ich werde sowieso bald abkratzen.«

Am Ende des Monats fand die Hochzeit statt: und mein Vater bat einen Bruder von sich schriftlich um ein Darlehen, denn wir sollten alle anständig gekleidet sein und Valentino keine Schande machen. Meine Mutter ließ sich einen Hut machen, nach so vielen Jahren: einen hohen und komplizierten Hut mit Schleife und Schleier. Und sie holte ihren alten Fuchs hervor, der ein Auge zuwenig hatte: wenn man den Schwanz am Maul festmachte, sah man nicht, daß das Auge fehlte: meine Mutter hatte schon soviel für den Hut ausgegeben, daß sie keine Lira mehr für diese Hochzeit herausrücken wollte. Ich bekam ein neues Kleid aus dünnem himmelblauem Wollstoff mit Samtbesatz. Um den Hals hatte auch ich einen kleinen, einen winzig kleinen Fuchs; Tante Giuseppina hatte ihn mir geschenkt, als ich neun Jahre alt wurde. Die größte Ausgabe war Valentinos Anzug: ein Anzug aus marineblauem Tuch mit weißen Nadelstreifen. Er und die Mama waren ihn gemeinsam aussuchen gegangen, und daraufhin hatte er aufgehört, beleidigt zu sein,

war glücklich und sagte, sein ganzes Leben schon habe er geträumt von einem marineblauen Anzug mit weißen Nadelstreifen.
Clara sagte, daß sie nicht zur Hochzeit kommen werde, weil sie sich nicht in Valentinos Schweinereien einmischen und auch kein Geld ausgeben wolle: und Valentino sagte mir, ich solle sie wissen lassen, daß sie ruhig zu Hause bleiben könne und er froh sein werde, an seinem Hochzeitsmorgen nicht ihre häßliche Fratze zu sehen. Und Clara sagte, die Fratze der Braut sei vielleicht noch schlimmer als ihre: sie habe sie nur auf dem Foto gesehen, aber das genüge ihr. Und schließlich erschien Clara an jenem Morgen doch in der Kirche, mit ihrem Mann und der größeren Tochter: und auch sie hatten sich angestrengt, anständig gekleidet zu sein, und meine Schwester hatte sich die Haare kräuseln lassen.
Während der ganzen Zeit in der Kirche hielt meine Mutter meine Hand gepackt und drückte immer fester: und als sie sich die Ringe ansteckten, senkte sie den Kopf und sagte zu mir, es tue ihr zu weh, das mitanzusehen. Die Braut trug Schwarz und den üblichen langen Pelz, und unsere Pförtnerin, die auch hatte kommen wollen, war enttäuscht, denn sie hatte sich Orangen-

blüten und Schleier erwartet: und sie sagte uns dann, es sei ja keine so schöne Hochzeit gewesen, wie sie gehofft habe, da doch das Gerücht umgehe, daß Valentino sich mit einer ganz Reichen verheirate. Außer der Pförtnerin und der Zeitungsverkäuferin vom Kiosk an der Ecke kannten wir gar niemanden: und die Kirche war voll mit Bekannten von Maddalena: gut gekleideten Damen mit Pelzen und Juwelen.

Anschließend gingen wir in die Villa, und es wurden Erfrischungen gereicht. Jetzt, da die Pförtnerin und die Zeitungsverkäuferin nicht mehr da waren, fühlten wir uns ganz verloren, meine Mutter, mein Vater, ich, Clara und Claras Mann. Wir standen an die Wand gedrängt, und Valentino kam einen Augenblick herüber, um uns zu sagen, wir sollten doch nicht wie ein Clan aneinanderhängen: doch wir blieben weiter zusammen. Die ebenerdigen Räume der Villa und der Garten waren voll mit denselben Leuten, die auch in der Kirche gewesen waren: und Valentino bewegte sich unbeschwert zwischen diesen Leuten, sie sprachen mit ihm, und er antwortete: er war sehr glücklich in seinem marineblauen Anzug mit den feinen weißen Streifen, reichte den Damen den Arm und führte sie zum Buffet. Die

Villa war wirklich sehr luxuriös, wie es mein Vater gesagt hatte: und es schien wie ein Traum, daß Valentino nun hier wohnen sollte.

Dann gingen die Gäste fort, und Valentino und seine Frau stiegen ins Automobil: sie fuhren drei Monate auf Hochzeitsreise an die Riviera. Wir kehrten nach Hause zurück. Claras Kleine war ganz aufgeregt von den Sachen, die sie am Buffet gegessen hatte, und von allem, was sie gesehen hatte: sie hüpfte und redete unentwegt, erzählte, daß sie im Garten herumgelaufen sei und sich vor einem Hund erschreckt habe, und dann sei sie auch in der Küche gewesen, wo ganz in Hellblau eine tolle Köchin gestanden habe, die Kaffee mahlte. Doch kaum zu Hause, begannen wir an die Schulden zu denken, die wir beim Bruder meines Vaters gemacht hatten; wir waren müde und schlecht gelaunt, und meine Mutter ging in Valentinos Zimmer, setzte sich auf das ungemachte Bett und weinte ein wenig. Dann aber räumte sie alles auf, mottete die Matratze ein, deckte die Möbel zu und schloß die Fensterläden.

Es schien, als gebe es ohne Valentino nichts mehr zu tun, ohne seine Kleider, die zu bürsten, zu bügeln und mit Benzin von Flecken zu reinigen waren. Wir sprachen wenig von ihm; ich bereitete mich aufs Examen vor, und meine Mutter ging oft zu Clara, deren eines Kind krank war. Und mein Vater lief in der Stadt herum, weil er nicht mehr allein in der Küche sein mochte: er ging bestimmte alte Kollegen besuchen und versuchte, mit ihnen seine langen Reden zu führen, doch schließlich sagte er dann immer, er werde sowieso bald sterben, und es tue ihm nicht leid zu sterben, da das Leben ihm ja nichts Großartiges geboten habe. Manchmal stieg die Pförtnerin zu uns herauf und brachte ein wenig Obst, im Tausch für die Nachhilfestunden, die ich ihren Kindern gegeben hatte: und stets fragte sie nach Valentino und sagte, welches Glück wir gehabt hätten, daß er eine so reiche Frau geheiratet habe: die würde ihm dann ja eine Praxis einrichten, wenn er Doktor würde, und wir könnten ruhig schlafen, da Valentino versorgt sei. Und wenn seine Frau nicht schön sei, um so besser, so könne man wenigstens sicher sein, daß sie ihm keine Hörner aufsetzen werde.

Der Sommer verging, und Valentino schrieb uns, daß er noch nicht zurückkommen werde; sie badeten und segelten und würden wohl auch noch in die Dolomiten fahren. Es seien schöne Ferien, und sie wollten sie so lang wie möglich genießen, denn in der Stadt werde es dann Ernst mit der Arbeit. Er habe sich aufs Examen vorzubereiten, und seine Frau habe immer eine Menge Sachen zu erledigen: sie müsse ihre Ländereien verwalten, und außerdem beschäftige sie sich noch mit Wohltätigkeit und so Zeug.

Es war schon spät im September, als er eines Morgens bei uns auftauchte. Wir waren glücklich, ihn zu sehen: wir waren so glücklich, daß uns fast schien, als sei die Frau, die er genommen hatte, gar nicht mehr wichtig. Er saß wieder in der Küche mit seinem Lockenkopf und seinen weißen Zähnen, dem tiefen Grübchen im Kinn und den großen Händen. Er streichelte die Katze und sagte, er wolle sie mitnehmen: es gebe Mäuse im Keller der Villa, und so würde sie lernen, Mäuse zu fressen, vor denen sie jetzt noch Angst habe. Er blieb eine Weile bei uns und wollte ein wenig Tomatensauce auf Brot essen, denn ihre Köchin machte die Sauce nicht so gut wie wir zu Hause. In einem Körbchen nahm er die Katze mit, brachte sie aber nach ein paar Tagen zurück: sie hatten sie in den Keller gesetzt, damit sie die Mäuse fräße, doch sie hatte solche Angst vor diesen großen Mäusen, daß sie die ganze Nacht jaulte und die Köchin nicht schlafen konnte.

Der Winter war hart für uns: Claras Kind war immer noch krank, es schien es bös auf den Bronchien zu haben, und der Arzt hatte eine kräftige und reichliche Kost angeordnet. Und außerdem hatten wir noch die Sorge mit den Schulden bei dem Bruder meines Vaters, die wir nach und nach abzuzahlen versuchten. So machte es uns, obgleich wir keine Ausgaben für Valentino mehr hatten, dennoch Mühe, bis zum Monatsende durchzukommen. Valentino wußte nichts von unseren Sorgen; wir sahen ihn selten, weil er sich aufs Examen vorbereiten mußte; zuweilen erschien er mit seiner Frau, meine Mutter empfing sie im Wohnzimmer, strich die Falten ihres Kleides glatt, und oft herrschte langes Schweigen: meine Mutter saß aufrecht im Sessel, mit ihrem schönen weißen und zarten Gesicht zwischen den seidenweichen und glatten weißen Haaren: und zuweilen wurde das lange Schweigen unterbrochen von der gütigen, erloschenen Stimme meiner Mutter.

Morgens ging ich auf einen entlegenen Markt, um wenigstens beim Einkaufen ein bißchen zu sparen. Diesen Morgenspaziergang machte ich sehr gerne, vor allem den Hinweg, wenn die Tasche noch leer war: ich ging in der kalten, freien Luft und vergaß für eine kurze Weile die häuslichen Sorgen: statt dessen fragte ich mich all die Sachen, die Mädchen sich gewöhnlich fragen, ob ich heiraten würde und wann und wen. Ich wußte wirklich nicht, wen ich hätte heiraten sollen, denn zu uns kamen nie junge Männer: als Valentino noch da war, schaute ab und zu mal einer herein, aber jetzt gar nicht mehr. Und mein Vater und meine Mutter schienen überhaupt nicht daran zu denken, daß ich je heiraten könnte: sie sprachen von mir, als müßte ich immer bei ihnen bleiben, sprachen von später, wenn ich dann eine Anstellung als Lehrerin erhalten und ein wenig Geld nach Hause bringen würde. Manchmal wunderte ich mich über meine Eltern, daß sie sich nie fragten, ob es mir nicht gefallen würde zu heiraten oder auch nur, ein neues Kleid zu haben und ab und zu sonntags mit anderen Mädchen auszugehen. Ich wunderte mich, aber ich empfand keinerlei Groll: ich hegte damals keine sehr schmerzlichen und tiefen Gefühle: und ich war voller Hoffnung, daß sich die Dinge früher oder später zum Besten für mich wenden würden.

Als ich eines Tages mit der Einkaufstasche vom Markt zurückkehrte, sah ich Valentinos Frau: sie saß im Auto und fuhr selbst: sie hielt an und hieß

mich einsteigen, sie werde mich nach Hause bringen. Sie sagte zu mir, daß sie jeden Morgen um sieben aufstehe, sich kalt dusche und zu ihren Ländereien achtzehn Kilometer vor der Stadt hinausfahre: und Valentino bleibe inzwischen liegen, und sie fragte mich, ob er immer so faul gewesen sei. Ich erzählte ihr von Claras Kind, das immer noch krank war, und da bekam sie ein ganz finsteres Gesicht und sagte, daß sie gar nichts davon wisse: Valentino habe es ihr nur eben angedeutet, als sei es nicht weiter wichtig, und meine Mutter habe auch nicht davon gesprochen. »Ihr behandelt mich wirklich wie eine Fremde: deine Mutter kann mich nicht ausstehen, das ist mir gleich aufgefallen, als ich das erstemal kam. Es fällt euch überhaupt nicht ein, daß ich euch helfen könnte, wenn ihr in Not seid. Und dabei kommen sogar fremde Leute zu mir und bitten um Hilfe, und ich tue immer etwas.« Sie war sehr wütend, und ich wußte nicht, was ich sagen sollte: wir waren vor unserem Haus angekommen, und schüchtern lud ich sie ein, mit hinaufzukommen, aber sie sagte, daß sie uns nicht gerne besuche, weil sie genau wisse, daß meine Mutter sie nicht leiden könne.
Doch noch am gleichen Tag ging sie zu Clara und

schleppte Valentino mit, der Claras Wohnung nicht mehr betreten hatte, seit sie ihn ein Schwein genannt hatte. Maddalena riß als erstes die Fenster weit auf, denn sie fand, die Luft sei sehr schlecht. Und sie sagte, es sei empörend, daß Valentino sich keinen Pfifferling um die Seinen kümmere: und sie, die niemand habe, bemühe sich für Fremde und fahre kilometerweit. Sie schickte Valentino, ihren Hausarzt zu holen: und der Arzt sagte, man solle das Kind besser in die Klinik bringen, und sie sagte, sie würde die Kosten bezahlen. Clara war ganz erschrocken und verstört, während sie den Koffer für den Kleinen packte: und Maddalena schimpfte mit ihr währenddessen und behandelte sie schlecht, was meine Schwester noch mehr verwirrte.

Doch als das Kind in der Klinik untergebracht war, spürten wir eine große Erleichterung. Clara fragte sich, was sie tun könnte, um sich zu revanchieren. Sie beriet sich mit meiner Mutter, und sie kauften eine große Schachtel Pralinen, die Clara Maddalena brachte: doch da sagte Maddalena zu ihr, daß sie wirklich völlig verblödet sei, Geld für Schokolade auszugeben bei all den Sorgen, die sie habe, und was solle dieser Quatsch mit Revanchieren. Sie sagte, daß wir alle verquere

Vorstellungen hätten hinsichtlich des Geldes: mein Vater und meine Mutter, die nicht wüßten, wie sie sich durchschlagen sollten und mich auf einen entlegenen Markt schickten, um ein paar Lire zu sparen, und dabei wäre es so einfach gewesen, sich an sie um Hilfe zu wenden: und Valentino, der sich keinen Pfifferling darum kümmere und sich eine Menge neuer Kleider kaufe, sich dann im Spiegel betrachte und den Affen spiele. Und sie sagte, von nun an werde sie uns jeden Monat Geld zukommen lassen, und außerdem jeden Tag Gemüse, damit ich nicht mehr zu jenem entlegenen Markt gehen müsse, sie habe immer soviel Gemüse von ihren Ländereien, und es verfaule ihr in der Küche. Und Clara kam zu uns und flehte, wir sollten das Geld annehmen: wir hätten doch immer so viele Opfer für Valentino gebracht, und es sei nur gerecht, daß seine Frau uns jetzt ein wenig helfe. So kam jeden Monat Maddalenas Verwalter mit dem Geld in einem Umschlag: und alle zwei bis drei Tage fanden wir in der Pförtnerloge einen Korb Gemüse, und ich mußte nicht mehr auf den Markt gehen und konnte länger schlafen.

Am Ende des Winters starb mein Vater. Ich und meine Mutter waren Claras Kind in der Klinik besuchen gegangen. So war mein Vater allein, als er starb. Wir kehrten nach Hause zurück und fanden ihn schon tot: er hatte sich aufs Bett gelegt und einige seiner Tabletten in einer Tasse Milch aufgelöst, vielleicht weil ihm schlecht war: aber dann hatte er die Milch nicht getrunken. In der Nachttischschublade fanden wir einen Brief für Valentino, den er ein paar Tage zuvor geschrieben haben mußte: einen langen Brief, in dem er sich dafür entschuldigte, daß er immer gehofft hatte, Valentino würde ein großer Mann werden; er brauche gar kein großer Mann zu werden, es genüge, wenn er überhaupt ein Mann würde, weder groß noch klein: denn bis jetzt sei er bloß ein Kind. Valentino und Maddalena kamen, und Valentino weinte; und Maddalena war zum erstenmal sehr gut zu meiner Mutter, zartfühlend und sanft; sie rief den Verwalter an, er solle sich um das Begräbnis kümmern, und blieb die ganze Nacht und den ganzen nächsten Tag bei meiner Mutter. Als sie gegangen war, machte ich meine Mutter darauf aufmerksam, wie freundlich sie gewesen war; aber meine Mutter antwortete, auch wenn sie freundlich sei, könne sie sie nicht ertragen, und jedesmal, wenn sie sie neben Valentino sehe, krampfe sich ihr das Herz zusammen: und sie sagte, sie sei sicher, daß mein Vater daran gestorben sei, an dem Kummer, daß Valentino nur des Geldes wegen geheiratet habe.

Im Sommer bekam Maddalena ein Kind: und ich glaubte, meine Mutter würde sich rühren und erweichen lassen und das Kind liebgewinnen: und mir schien, als habe das Kind ein kleines Grübchen im Kinn und gleiche Valentino. Doch meine Mutter sagte, da sei nicht einmal der Schatten eines Grübchens: sie war sehr traurig und niedergeschlagen, meine Mutter; sie dachte immerzu an meinen Vater und machte sich Vorwürfe, daß sie ihm zuwenig Liebe gezeigt habe; sie hatte nie Geduld gehabt, ihn ausreden zu lassen, hatte ihn immer schweigen geheißen und gekränkt. Jetzt dagegen begriff sie, daß mein Vater das Beste gewesen war, was sie in ihrem Leben gehabt hatte: über Clara und mich konnte sie sich nicht beklagen, aber wir leisteten ihr doch nicht soviel Gesellschaft, wie es unsere Pflicht gewesen wäre; und Valentino hatte nur des Geldes wegen diese Frau genommen. Allmählich gab sie den Klavierunterricht auf, denn sie hatte Arthritis und starke Schmerzen in den Händen; und im übrigen langte

jener Umschlag, den uns der Verwalter jeden Monat brachte, für uns beide. Den Verwalter empfing ich im Eßzimmer, und meine Mutter schloß sich in der Küche ein und wollte nicht, daß ich von diesem Umschlag spreche: obwohl wir doch von diesem Geld tagtäglich lebten.
Maddalena kam, um mich zu fragen, ob ich den August mit ihnen am Meer verbringen wolle: ich wäre sehr gern gefahren, wollte aber meine Mutter nicht allein lassen, und so lehnte ich ab. Maddalena sagte, ich sei ein Dummkopf und verstünde es nicht, mich von zu Hause zu lösen: und so sei es ja ausgeschlossen, daß ich einen Mann und auch meinen Herzensfrieden finden würde. Ich sagte ihr, es läge mir nichts daran, einen Mann zu finden: aber das stimmte nicht, und der August war lang und melancholisch; und abends begleitete ich meine Mutter, um auf den Alleen und am Fluß die Kühle zu genießen, ihre lange, von der Arthritis verunstaltete Hand lag auf meinem Arm, und ich hatte eine wahnsinnige Lust, rasch und allein zu gehen und mit jemand anderem als meiner Mutter sprechen zu können. Dann fing sie an, gar nicht mehr aus dem Bett aufzustehen, weil ihr auch der Rücken wehtat, und sie klagte ständig. Ich bat Clara, oft zu

kommen, aber sie hatte soviel zu tun mit dem Adressentippen für jene Firma. Sie hatte die Kinder aufs Land geschickt, auch das, das krank gewesen, jetzt aber wieder ganz gesund geworden war; die ganze Woche tippte sie Adressen wie eine Furie, und am Sonntag besuchte sie ihre Kinder. So war ich allein zu Haus, als meine Mutter starb, am Sonntag von Mariä Himmelfahrt: die ganze Nacht hatte sie über jene Schmerzen in den Knochen geklagt, und sie verlangte heftig zu trinken und erregte sich, weil ich ihr nicht schnell genug das Wasser brachte und die Kissen aufschüttelte: morgens ging ich den Arzt holen, und er sagte mir, es gebe keine Hoffnung mehr. Ich schickte ein Telegramm an Valentino, und auch eins an Clara aufs Land: doch als sie ankamen, war Mama tot.

Ich hatte sie sehr liebgehabt. Jetzt hätte ich alles darum gegeben, wieder jene Abendspaziergänge zu machen, die mich gelangweilt hatten, die lange, krumme Hand meiner Mutter auf meinen Arm gestützt. Und ich machte mir Vorwürfe, nicht liebevoll genug zu ihr gewesen zu sein. Manchmal stand ich dem Hof zugewandt und aß Kirschen und drehte mich nicht um, wenn sie mich rief: ich ließ sie eine ganze Weile nach mir rufen und blieb an das Geländer gelehnt und drehte mich nicht um. Jetzt hatte ich einen Haß bekommen auf jenen Hof, jenen Balkon und unsere vier leeren Zimmer: und doch wollte ich nichts sonst: ich wollte nicht weggehen.

Aber Maddalena kam und sagte, ich solle zu ihnen ziehen. Sie war sehr nett zu mir, so wie sie zu meiner Mutter gewesen war, als mein Vater starb: sie war freundlich und zärtlich und befahl nicht. Sie sagte, es stehe mir frei zu tun, was ich wollte, aber es habe keinen Sinn, daß ich allein in jener Wohnung bliebe: bei ihr zu Hause gebe es so viele Zimmer, wo ich in Ruhe studieren könne, und wenn ich einmal melancholisch wäre, würden sie mir Gesellschaft leisten.

So verließ ich jene Wohnung, in der ich aufgewachsen war und die ich auswendig kannte, so gut, daß es mir unmöglich schien, anderswo leben zu können. Während ich die Zimmer in Ordnung brachte, bevor ich ging, fand ich in einem Koffer die Briefe und Fotografien jener Mädchen mit Mützen, die sich einst mit Valentino verlobt hatten: ich und Clara verbrachten einen Nachmittag damit, jene Briefe zu lesen und zu lachen, und schließlich verbrannten wir alles über der Gasflamme. Die Katze ließ ich bei der Pförtnerin:

und als ich nach ein paar Monaten kam, um nach ihr zu sehen, hatte sie gelernt, Mäuse zu fressen, und war eine große, kräftige und teilnahmslose Katze geworden, die nichts mehr zu tun hatte mit unserem schmächtigen, wilden Kätzchen, das die Vorhänge hinaufkletterte, wenn es sich erschreckte.

In Maddalenas Villa hatte ich ein Zimmer mit einem großen blauen Teppich. Er gefiel mir sehr, dieser Teppich, und jeden Morgen, wenn ich aufwachte, freute ich mich, ihn zu sehen. Ich setzte meine bloßen Füße darauf, und er war warm und weich. Ich wäre gern morgens ein wenig länger im Bett geblieben, doch ich erinnerte mich, daß Maddalena Leute, die spät aufstanden, nicht schätzte, und in der Tat hörte ich ihr heftiges Klingeln und ihre herrische Stimme, die die Befehle für den Tag austeilte. Dann ging sie hinaus in ihrem Pelz und ihrem auf der einen Seite eingedrückten Hut: sie schrie noch etwas mit der Köchin und der Amme herum und stieg, laut die Tür zuknallend, ins Auto.

Ich holte das Kind und hielt es ein wenig auf dem Arm. Ich hatte dieses Kind liebgewonnen und hoffte, es würde mich auch liebgewinnen. Valentino kam zum Frühstück herunter, verschlafen, unrasiert: ich fragte ihn, ob er Examen machen würde, aber er wich aus. Dann kam der Verwalter, Bugliari, der, der uns immer die Umschläge gebracht hatte, als ich mit Papa und Mama in unserer Wohnung wohnte: und ein Cousin von Maddalena kam, den sie Kit nannten. Valentino setzte sich mit ihnen zum Kartenspielen: doch wenn das Geräusch des Autos im Garten zu hören war, versteckten sie hastig die Karten, denn Maddalena wollte nicht, daß Valentino seine Zeit mit Spielen vergeudete. Maddalena kam zerzaust und müde zurück, und mit rauher Stimme, denn sie hatte mit den Bauern geschimpft; und sie fing an, mit dem Verwalter zu streiten, dann zogen sie bestimmte Bücher hervor und diskutierten eine Weile darüber. Ich wunderte mich, daß sie gar nicht nach dem Kind fragte und es nicht begrüßen ging: es schien, als liege ihr nicht viel an dem Kind: wenn die Amme es ihr brachte, nahm sie es einen Augenblick auf den Arm, und einen Augenblick lang wurde ihr Gesicht jung, sanft und mütterlich; aber sogleich roch sie am Hals des Kindes, sagte, es rieche nicht gut und sauber, und gab es der Amme zurück, damit sie es waschen sollte.

Kit war vierzig Jahre alt. Er war lang und mager,

mit einer leichten Glatze und wenigen, feuchten langen Haaren im Nacken, die den Haaren eines Neugeborenen glichen. Er hatte keinen bestimmten Beruf: er besaß Ländereien neben denen von Maddalena, aber er hatte nie Lust, dort nach dem Rechten zu sehen; er bat Maddalena, ein Auge darauf zu haben, und sie beklagte sich immer, daß sie bei allem, was sie zu tun hatte, auch noch nach Kits Ländereien schauen sollte. Kit verbrachte die Tage bei uns: er spielte mit dem Kind und plauderte mit der Amme und machte ab und zu ein Spielchen mit Valentino und saß tief in einem Sessel vergraben und rauchte. Dann, gegen Abend, gingen er und Valentino in ein Café ins Zentrum und betrachteten die eleganten Frauen, die vorübergingen.
Ich war sehr besorgt um Valentino, denn mir schien es, als studiere er überhaupt nie. Er setzte sich in sein Zimmer mit dem Mikroskop, den Büchern und einem Totenschädel, doch er konnte keinen Augenblick am Tisch stillsitzen und klingelte, man solle ihm einen Zabaione bringen, und dann zündete er in dem Totenschädel eine Kerze an, verdunkelte das Zimmer und rief das Dienstmädchen, um es zu erschrecken. Er hatte, seit er verheiratet war, zwei Prüfungen gemacht und

bestanden: gewöhnlich bestand er die Prüfungen, weil ihm das Sprechen leichtfiel und es ihm gelang, glauben zu machen, er wisse auch die Dinge, die er nicht wußte. Aber es blieben ihm noch viele Prüfungen bis zum Abschlußexamen, und manche seiner Freunde, die mit ihm angefangen hatten, waren schon seit geraumer Zeit Doktoren. Immer gab er dem Gespräch eine andere Wendung, wenn ich von seinen Prüfungen sprach, und ich wußte nicht, wie ich es anstellen sollte. Wenn Maddalena nach Hause kam, fragte sie ihn: »Hast du studiert?« und er bejahte es, und sie glaubte ihm: vielleicht hatte sie auch den ganzen Tag herumgewirtschaftet und gestritten und hatte keine Lust mehr, auch noch zu Hause zu streiten. Sie streckte sich auf dem Diwan aus, und Valentino ließ sich vor ihr auf dem Teppich nieder. Da sah ich dann, wie sie vor Valentino schwach wurde. Sie nahm seinen Kopf zwischen die Hände und streichelte ihn, und ihr Gesicht strahlte mütterlich und sanft auf. »Hat Valentino studiert?« fragte sie auch Kit. »Er hat studiert«, antwortete Kit. Und sie schloß die Augen, lag ruhig und ließ die Finger immer wieder über Valentinos Stirn gleiten.

Maddalena bekam noch einen Sohn, und wir fuhren den Sommer über ans Meer. Sie bekam die Kinder ohne jede Mühe, und während der ganzen Schwangerschaft fuhr sie weiter auf ihren Ländereien herum. Wenn sie sie dann geboren hatte, ließ sie eine Amme holen, die die Kinder stillen sollte, und kümmerte sich nicht mehr darum. Es genügte ihr zu wissen, daß sie da waren. Und auch mit Valentino war es genauso: es genügte ihr zu wissen, daß er da war, ihre Tage aber verbrachte sie fern von ihm: es genügte ihr, ihn abends bei ihrer Rückkehr zu Hause vorzufinden, dazuliegen, seinen Kopf im Schoß, und ihm einen Augenblick das Haar zu streicheln. Ich erinnerte mich, wie er zu meiner Mutter gesagt hatte, daß er mit Maddalena über jedwedes Thema sprechen könne, über Bücher und alles: doch ich bemerkte nicht, daß sie je gesprochen hätten. Zudem war Kit immer da; und Kit redete unausgesetzt, erzählte bestimmte langweilige und endlose Geschichten von seiner Dienstmagd, die blöde und halbblind war, und von seinen Krankheiten und von seinem Arzt. Und wenn Kit nicht da war, ließ Maddalena ihn anrufen, er möge sofort kommen.

Wir fuhren also ans Meer, und mit uns kamen Kit,

Bugliari, das Dienstmädchen und die Amme. Wir wohnten im Hotel, einem sehr eleganten Hotel; und ich schämte mich meiner wenigen Kleider, wollte aber Maddalena nicht um Geld bitten, und sie schien nicht daran zu denken, mir welches anzubieten: im übrigen war auch sie keineswegs elegant, immer in demselben Sonnenanzug mit weißen und blauen Punkten; und sie sagte, sie wolle kein Geld für Kleider ausgeben, denn Valentino gebe schon genug aus für die seinen. Valentino war allerdings elegant, mit Leinenhosen, mit Unterhemden und Pullovern, die er ständig wechselte; Kit beriet ihn in Kleiderfragen, obgleich er selbst immer in denselben, etwas abgetragenen Hosen herumlief, weil er, wie er sagte, zu häßlich sei und es ihm keine Freude mache, sich schön anzuziehen. Valentino segelte mit Kit davon, und Maddalena, ich und Bugliari warteten am Strand auf sie, und Maddalena sagte, sie habe dieses Leben schon satt, denn sie könne nicht in der Sonne liegen, ohne etwas zu tun zu haben. Valentino und Kit gingen auch abends tanzen: und Maddalena sagte, sie sollten mich zum Tanzen mitnehmen, aber Valentino antwortete, zum Tanzen gehe man ohne Schwestern.

Wir kehrten in die Stadt zurück, und ich machte das Lehrerinnendiplom: ich bekam eine Vertretungsstelle in einer Schule, und Maddalena brachte mich jeden Morgen im Auto zur Schule, bevor sie auf ihre Ländereien hinausfuhr. Ich sagte ihr, daß ich nun allein wohnen und für mich selbst sorgen könne: doch sie war gekränkt und antwortete, sie sehe nicht ein, was ich allein täte, wenn doch ihr großes Haus da sei, wo es immer soviel zu essen gebe: sie sehe nicht ein, warum ich mir ein Zimmerchen mieten und mir mein Süppchen auf einem Kocher zubereiten sollte. Das sehe sie nicht ein. Und die Kinder hätten mich liebgewonnen, und ich könne ein wenig auf sie aufpassen, wenn sie nicht da sei: und auch Valentino könne ich beim Studieren überwachen.

Da nahm ich meinen Mut zusammen und sagte zu ihr, daß ich wegen Valentino besorgt sei: mir schien, er studiere immer weniger, und Kit habe ihn angeregt, reiten zu lernen, und jeden Morgen gingen sie zur Reitbahn. Valentino hatte sich ein Reitkostüm machen lassen, mit Reitstiefeln, eng anliegender Jacke und Peitsche: zu Hause betrachtete er sich im Spiegel, schwenkte die Peitsche und salutierte mit der Mütze. Da rief Maddalena Kit und machte ihm eine wütende Szene: sie sagte zu ihm, wenn er auch ein Müßiggänger und ein Versager sei, so dürfe doch Valentino kein Versager werden, und er solle ihn in Ruhe lassen. Kit hörte mit halbgeschlossenen Augen und aufgerissenem Mund zu und strich sich dabei das Kinn: Valentino aber schrie dazwischen, das Reiten tue ihm gut, und es gehe ihm gesundheitlich viel besser, seit er reite. Dann rannte Maddalena los, holte das Reitkostüm, die Stiefel, die Mütze und die Peitsche, machte ein Paket daraus und sagte, sie wolle es in den Fluß werfen: mit dem großen Paket unter dem Arm ging sie hinaus: sie war wieder schwanger, und ihr Bauch quoll aus dem Pelzmantel hervor, und durch das Gewicht des Bauches und des Pakets hinkte sie ein wenig beim Laufen. Valentino ging ihr nach: und Kit und ich blieben allein. »Sie hat recht«, sagte Kit und seufzte tief auf; er kratzte sich in seinen wenigen Haaren und machte ein so komisches Gesicht, daß ich lachen mußte. »Maddalena hat recht«, sagte er noch einmal, »ich bin bloß ein Müßiggänger und ein Versager. Sie hat recht. Für einen Typen wie mich gibt es keine Hoffnung. Aber für Valentino gibt es auch keine Hoffnung mehr: er ist wie ich: er ist ein Typ wie ich. Er ist sogar noch schlimmer, denn ihm ist überhaupt alles gleichgültig:

mir dagegen liegt noch etwas an den Dingen, wenig, aber immerhin etwas.« »Wenn ich denke, daß mein Vater glaubte, Valentino würde ein großer Mann werden«, sagte ich, und er sagte: »Ach wirklich?« und brach plötzlich in schallendes Gelächter aus, mit weit offenem Mund: er wiegte sich im Sessel, die Hände zwischen den Knien, und lachte. Dieses Lachen war mir unangenehm, und ich verließ den Raum: als ich zurückkam, war er gegangen. Valentino und Maddalena kamen nicht zum Essen, es wurde dunkel, und noch immer ließen sie sich nicht blicken; ich lag schon eine Weile im Bett, als ich sie auf der Treppe hörte; sie lachten und flüsterten, und ich begriff, daß sie sich versöhnt hatten. Am nächsten Tag ging Valentino in seinem Reitkostüm zur Reitbahn: Maddalena hatte es also nicht in den Fluß geworfen: nur die Jacke war leicht zerknautscht und mußte gebügelt werden. Kit ließ sich ein paar Tage nicht sehen, doch dann erschien er wieder: er hatte die Taschen voller Socken, die gestopft werden mußten, und gab sie dem Dienstmädchen, denn bei ihm zu Hause stopfte ihm niemand die Socken, er lebte allein mit jener alten, halbblinden Dienstmagd, die nicht stopfte.

Maddalenas drittes Kind wurde geboren: es war wieder ein Junge, und sie sagte, sie sei froh, daß sie nur Jungen habe, denn hätte sie ein Mädchen geboren, hätte sie zuviel Angst gehabt, es könne ihr später ähnlich sehen und ihr Gesicht haben: und ihr Gesicht erschien ihr so häßlich, daß sie es keiner Frau wünschte. Sie selbst sei jetzt trotzdem zufrieden, auch mit ihrem häßlichen Gesicht, denn sie habe die Kinder und Valentino: aber als Mädchen habe sie viel geweint und keinen Frieden gefunden und gefürchtet, sie würde niemals heiraten; sie habe gefürchtet, allein in jener großen Villa mit den Teppichen und den Bildern alt zu werden. Jetzt bekam sie vielleicht so viele Kinder, um jene Angst zu vergessen, die sie gehabt hatte, um die Räume anzufüllen mit Spielzeug und Windeln und Stimmen: doch um die Kinder kümmerte sie sich, hatte sie sie erst geboren, nicht besonders viel.
Valentino und Kit machten eine Reise. Valentino hatte eine weitere Prüfung abgelegt; es war gut gegangen, und er sagte, er brauche ein wenig Erholung. Sie fuhren nach Paris und nach London, denn Valentino hatte noch gar nichts gesehen: und Kit sagte, es sei eine Schande, die großen Städte nicht zu kennen. Er sagte, Valentino sei im

Grunde sehr provinziell: man müsse ihn weltläufiger machen und in die Tanzlokale und die großen Gemäldegalerien führen. Ich hielt jeden Morgen Schule, und nachmittags spielte ich mit den Kindern im Garten: und ich versuchte, aus Stoff und Sägemehl Spielzeug zu fabrizieren, wie früher Valentino für die Kinder der Pförtnerin. Wenn Maddalena nicht da war, setzten sich die Amme, das Zimmermädchen und die Köchin zu mir in den Garten: sie sagten, mit mir fühlten sie sich überhaupt nicht befangen, sie hatten mich sehr gern und zogen sich die Schuhe aus, die sie neben sich ins Gras stellten; sie falteten sich Papierhüte und lasen Maddalenas Zeitungen und rauchten ihre Zigaretten. Sie fanden, ich führe ein zu einsames und abgeschiedenes Leben und daß Maddalena mich zur Zerstreuung ein wenig hätte ausführen sollen: aber die hatte immer nur ihre Ländereien im Kopf. Und sie sagten, so würde ich ja wohl kaum einen Mann finden: ins Haus kam fast niemand, außer Bugliari und Kit: Bugliari war zu alt, und so beschlossen sie, ich müsse Kit heiraten: er war ein sehr guter Mensch, aber so wirr, nie ging er nachts schlafen und spazierte nächtelang durch die Stadt: und vielleicht brauchte er eben eine Frau, die ihm die Socken stopfte und sich seiner annahm. Aber sie hatten große Angst vor Maddalena, und kaum vernahmen sie das Geräusch des Autos, schlüpften sie rasch wieder in die Schuhe und huschten in die Küche.

Manchmal ging ich zu Clara, aber sie empfing mich unwirsch und sagte, mir läge ja nun nichts mehr an ihr und ihren Kindern: ich liebte ja nur die Kinder von Valentino. Sie hatte inzwischen vergessen, wie Maddalena sich um ihr krankes Kind gekümmert und es auf ihre Kosten ins Krankenhaus hatte bringen lassen: sie konnte Maddalena nicht leiden und sagte, daß Valentino sich durch diese Hochzeit gänzlich ruiniert habe: jetzt setze er sich jeden Tag an den gedeckten Tisch, und wir könnten wohlgemut die Hoffnung fahren lassen, daß er je seinen Doktor mache. Jetzt würde er nach und nach das ganze Geld seiner Frau verbrauchen. Während sie mit mir sprach, fuhr sie fort, Adressen zu tippen: vor lauter Adressentippen hatte sie Schwielen an den Fingern bekommen, und außerdem hatte sie immer einen Schmerz in der Schulter und konnte nachts kaum schlafen vor Zahnweh. Sie hätte eine sehr teure Kur machen müssen, und ihr Geld reichte nicht dafür. Ich schlug ihr vor, sich das Geld bei

Maddalena zu leihen, aber darüber war sie beleidigt und sagte, sie wolle kein Geld von solchen Leuten. So begann ich, ihr jeden Monat mein Gehalt zu bringen: ich hatte ja Essen und Unterkunft und brauchte nichts: ich hoffte, sie würde heiterer und ginge zum Zahnarzt und mühe sich etwas weniger ab mit Adressentippen. Statt dessen tippte sie weiter Adressen, und zum Zahnarzt ging sie nicht: sie sagte, sie habe der Tochter einen neuen Mantel machen und ihrem Mann Schuhe kaufen müssen, und ich hätte ja keine Ahnung von ihrer Lage, und falls ich eines Tages heiraten würde, würde ich diese Freuden schon noch kennenlernen. Denn sie war sicher, daß ich, falls ich heiraten würde, auf einen Habenichts hereinfallen würde, wie es ihr auch gegangen war, und nun sei ja in unserer Familie schon Valentino eine Ehe mit Geld eingegangen, und ein zweitesmal könnten wir uns so ein Glück nicht erwarten. Und außerdem wirke es wie ein Glück, sei aber ein Unglück, denn Valentino brauche das Geld nur für seinen Müßiggang und um es ganz allmählich aufzuessen.

Valentino und Kit kehrten zurück, und wir fuhren alle ans Meer: aber Valentino war sehr schlecht gelaunt, und er und Maddalena stritten immerzu. Valentino fuhr morgens früh allein mit dem Auto los und sagte nicht, wohin: und Kit lag mit uns unter dem Sonnenschirm und war sehr traurig. Mitte August sagte Valentino, er habe genug vom Meer und wolle in die Dolomiten: so fuhren wir alle los in die Dolomiten, aber dort regnete es, und das kleinste Kind bekam Fieber. Daraufhin sagte Maddalena, es sei Valentinos Schuld, daß das Kind krank geworden sei, denn er habe so überstürzt vom Meer wegfahren wollen, wo es uns doch gut gegangen war, während das Hotel, wo wir jetzt wohnten, unbequem und zugig sei. Valentino aber sagte, daß er auch allein hätte wegfahren können: er habe uns nicht gebeten, alle mitzukommen, aber wir klebten ja immer an seinen Fersen, und er habe die Schnauze voll von Kindern und Ammen und unserem ganzen Gefolge. Kit machte sich nachts mit dem Auto auf die Suche nach einem Arzt: und als das Kind wieder gesund war, fuhren wir in die Stadt zurück.

Ganz plötzlich schienen sich die Beziehungen zwischen Maddalena und Valentino zu verschlechtern, und wenn sie zusammen waren, gab es keinen Frieden mehr. Maddalena war sehr nervös, und kaum stand sie morgens auf, schrie sie schon mit dem Dienstmädchen und der Köchin herum. Auch mir gegenüber war sie sehr nervös und brauste jedesmal auf, wenn ich etwas sagte. Und ich hörte sie und Valentino bis spät in die Nacht heftig miteinander streiten: sie warf ihm vor, er sei ein Müßiggänger und ein Versager, genau wie Kit. Aber Kit sei wenigstens gut, Valentino dagegen sei nicht gut, er sei ein Egoist und denke nur an sich: er werfe das Geld hinaus für Kleider und andere Dinge, von denen sie nichts wisse. Da schrie Valentino dann, sie sei es, die ihn zugrunde gerichtet habe: morgens habe er das Gefühl, verrückt zu werden, wenn er bloß ihre Stimme höre, und es graue ihm, ihr bei Tisch gegenüber zu sitzen. Manchmal schlossen sie dann wieder Frieden, er bat sie um Verzeihung und weinte, und auch sie bat um Verzeihung: und eine kurze Zeit lang lebten sie ruhig wie einst, er auf dem Teppich sitzend und sie auf dem Diwan, während sie ihm die Haare streichelte: und sie riefen Kit und ließen sich von ihm alle Neuigkeiten aus der Stadt erzählen. Aber solche Augenblicke waren nicht von Dauer und wurden immer

seltener: lange Tage gab es finstere Gesichter und Schweigen und dann zu später Nacht laute Ausbrüche.
Das Zimmermädchen kündigte wegen einer Szene, die Maddalena ihr gemacht hatte; und Maddalena beauftragte mich, in einem Dorf in der Nähe ihrer Ländereien, wo man ihr Adressen gegeben hatte, ein anderes Dienstmädchen zu suchen. Kit würde mich mit dem Auto hinbringen. Und eines Morgens fuhren Kit und ich los. Das Auto rollte durchs Land, und wir sprachen nicht; ab und zu betrachtete ich Kits komisches Profil, mit der kleinen Baskenmütze auf dem kahlen Kopf und der Stupsnase; an den Händen trug er die Handschuhe von Valentino. »Sind das die Handschuhe von Valentino?« fragte ich, um das Schweigen zu brechen: und er nahm einen Augenblick die Hände vom Lenkrad und betrachtete sie. »Ja, das sind die Handschuhe von Valentino. Er wollte sie mir nicht leihen: er hütet seine Sachen eifersüchtig.« Ich lehnte die Stirn an die Scheibe, um das Land zu betrachten: und ich spürte ein Gefühl der Erleichterung und des Friedens beim Gedanken an den Tag, der mich erwartete, frei, fern von jenem Haus, wo immer gestritten wurde: und ich dachte, daß ich fortgehen

müßte, aus jenem Haus: ich fühlte mich nicht mehr wohl dort, ich fühlte mich sehr unbehaglich: sogar den blauen Teppich, der in meinem Zimmer lag und mir früher so gut gefallen hatte, hatte ich zu hassen begonnen. Ich sagte: »Welch schöner Morgen.« Und Kit antwortete: »Ja. Wir werden ein schönes Dienstmädchen finden und in eine Osteria essen gehen, die ich kenne, wo sie einen guten Wein haben. Es werden Ferien sein, kurze Ferien von einem Tag: das Leben muß schwer sein für dich, mit diesen beiden, die sich nicht verstehen und keine Ruhe finden.« »Ja«, sagte ich, »manchmal ist es nicht zum Aushalten. Ich möchte weggehen.« »Wohin weg?« fragte er. »Oh, ich weiß nicht, irgendwohin.« »Wir könnten zusammen weggehen, ich und du«, sagte er, »uns einen kleinen ruhigen Ort suchen, und dann sollen sie sehen, wie sie allein zurechtkommen, die beiden. Ich hab auch genug von ihnen. So oft stehe ich morgens auf und sage: ich werde nicht zu ihnen gehen; aber dann gerate ich doch immer wieder hin. Es ist eine Gewohnheit geworden: seit vielen Jahren bin ich gewohnt, bei Maddalena zu essen: und ich habe es warm, und man stopft mir die Strümpfe. Mein Haus ist ein wahres Mäusenest; es gibt einen Kohleofen, der nicht zieht, und zu guter Letzt werde ich noch ersticken: und die Dienstmagd schwatzt mir die Ohren voll. Ich sollte eine Zentralheizung machen lassen: Maddalena kommt manchmal zu mir und sagt mir alles, was ich machen müßte. Ich sage ihr, daß ich kein Geld habe: aber sie antwortet, daß sie das Geld für mich auftreibt, es würde ja genügen, meine Ländereien zu nutzen: hier verkaufen, da kaufen, sie weiß genau, wie man alles machen müßte. Aber ich habe keine Lust zu neuen Entscheidungen. Außerdem sagt Maddalena, ich müßte eine Frau nehmen: aber ich glaube, das werde ich wohl nie tun. Ich glaube nicht an die Ehe. Als Maddalena und Valentino mir gesagt haben, sie würden heiraten, habe ich einen ganzen Tag lang versucht, sie davon abzubringen. Und Valentino habe ich dann ins Gesicht gesagt, daß ich keine Achtung vor ihm habe. Siehst du, wenn sie auf mich gehört hätten. Siehst du, in welch verquerer Lage sie sich jetzt befinden: immer streiten sie, immer machen sie sich das Leben sauer.«

»Du hast keine Achtung vor Valentino?« sagte ich.

»Nein. Hast du etwa Achtung vor ihm?«

»Ich habe ihn gern, er ist ja mein Bruder«, sagte ich.

»Gernhaben ist etwas anderes. Es kann sein, daß ich ihn auch sehr gern habe.« Er kratzte sich am Kopf unter der Baskenmütze. »Aber ich habe keine Achtung vor ihm. Ich habe nicht einmal Achtung vor mir selbst: und er ist wie ich: genau so ein Typ wie ich. Ein Typ, der nie etwas Schönes zustande bringen wird. Der einzige Unterschied zwischen ihm und mir ist dieser: ihm ist alles völlig gleichgültig: Dinge, Personen, alles. Er vergöttert nur seinen Körper: seinen heiligen Körper, der jeden Tag gut genährt und gut gekleidet werden muß und dem es an nichts fehlen darf. Mir hingegen liegt noch ein wenig an den Dingen und den Personen; aber ich habe niemanden, dem etwas an mir liegt. Valentino ist glücklich, denn Eigenliebe enttäuscht nie; und ich bin ein unseliger Mensch, kein Hund schert sich um mich.«

Wir waren in dem Dorf angelangt, das Maddalena uns genannt hatte, und er hielt das Auto an: »Jetzt suchen wir dieses Dienstmädchen«, sagte er.

Wir fragten im Dorf herum, und sie zeigten uns ein fernes Haus ganz oben auf dem Kamm des Hügels, wo es vielleicht ein Mädchen gebe, die bereit sei, in die Stadt zu kommen. Wir stiegen zwischen den Weinbergen einen Pfad hinauf, und

Kit war außer Atem und fächelte sich mit der Baskenmütze Luft zu. »Auch noch das Dienstmädchen müssen wir ihnen suchen«, sagte er, »das ist zuviel. Was für Typen das sind. Ich putze mir die Schuhe selber.«

Das Mädchen war bei der Arbeit auf dem Feld, und wir mußten auf sie warten. Wir setzten uns in eine kleine dunkle Küche, und die Mutter des Mädchens bot uns Wein und kleine verhutzelte Birnen an. Kit sprach in raschem Dialekt mit der Frau, lobte den Wein und stellte ihr endlose minutiöse Fragen über die Feldarbeit; und ich trank schweigend den Wein, und nach und nach wurden meine Gedanken wirr: es war ein sehr starker Wein, und plötzlich fühlte ich mich glücklich in jener Küche, mit den weiten Wiesen hinter den Fensterscheiben und dem Geschmack des Weins und Kit mit seinen langen Beinen und der Baskenmütze und seiner Stupsnase: ich dachte: Wie sympathisch er doch ist, dieser Kit!

Dann gingen wir in die Sonne hinaus und setzten uns auf eine Steinbank vor dem Haus. Wir aßen die Birnen und genossen die Sonne, und Kit sagte zu mir: »Wie gut es uns geht.« Er nahm einen Augenblick meine Hand, streifte meinen Handschuh ab und betrachtete sie: »Du hast die glei-

chen Finger wie Valentino«, sagte er. Plötzlich stieß er meine Hand fort. »Hat dein Vater wirklich geglaubt, Valentino würde ein großer Mann werden?« »Ja«, sagte ich, »er glaubte es. Wir haben viele Opfer gebracht, damit Valentino studieren konnte; unser Leben war hart, und wir wußten nie, wie wir es bis zum Monatsende schaffen sollten. Aber Valentino hat es nie an etwas gefehlt; und mein Vater sagte, wir würden dann belohnt werden an dem Tag, an dem Valentino ein berühmter Arzt geworden wäre, einer von denen, die große Entdeckungen machen.«
»Ach ja«, sagte er. Einen Augenblick schien es, als würde ihn wieder jenes krampfhafte Lachen überfallen, wie damals im Salon, als wir von demselben Thema gesprochen hatten. Er wiegte sich auf der Bank, die Hände zwischen die Knie gepreßt; aber sogleich schaute er mir ins Gesicht und wurde wieder ernst.
»Weißt du«, sagte er, »die Väter haben immer seltsame Vorstellungen. Meiner glaubte, ich würde Fliegeroffizier. Fliegeroffizier! Ich, wo ich doch nicht einmal Achterbahn fahren kann, weil mir schwindlig wird, wenn ich hinunterschaue!«
Das Mädchen kam; sie hatte rote Haare und zwei

stramme Beine mit schwarzen Strümpfen, die unter den Waden aufgerollt waren: Kit begann, ihr im Dialekt eine endlose Reihe minutiöser und penibler Fragen zu stellen: anscheinend wußte er sehr genau Bescheid über alles, was ein Dienstmädchen können mußte. Das Mädchen nahm die Stellung gerne an; sie wollte ihre Sachen richten und würde dann in zwei bis drei Tagen abreisen.

Wir gingen ins Dorf hinunter zum Mittagessen und machten einen langen Spaziergang zwischen den Häusern und Feldern. Kit hatte keinerlei Lust, zurückzufahren. Er riß jede Tür auf, die er sah, und schnüffelte in den Höfen herum: und einmal schoß eine wütende Alte heraus, und wir liefen davon, und die Alte warf einen Schuh hinter uns her. Lange gingen wir über Land: Kit hatte die Taschen noch voll von den kleinen Birnen und gab mir ab und zu welche. »Siehst du, wie gut es uns fern von den beiden geht«, wiederholte er, »siehst du, wie froh wir sind. Wir müssen zusammen fortgehen, an einen ruhigen Ort.«

Es war dunkel, als wir wieder ins Auto stiegen. »Willst du mich heiraten?« sagte er plötzlich. Er hatte beide Hände auf das Lenkrad gelegt und ließ das Auto nicht an: und er machte ein so komisches

Gesicht, erschrocken und ernst, die Baskenmütze ganz schief über der Stirn und die Brauen gerunzelt: »Willst du mich heiraten?« wiederholte er wütend: und ich lachte und sagte: »Ja!« Da ließ er den Motor an, und wir fuhren los.

»Ich bin nicht verliebt«, sagte ich.

»Ich weiß; und ich bin ja auch nicht verliebt. Und an die Ehe glaube ich nicht. Aber wer weiß? Es könnte auch gutgehen mit uns zweien; du bist ein so ruhiges Mädchen, so sanft, mir scheint, wir könnten so ruhig leben. Wir würden keine seltsamen Sachen machen, keine großen Reisen: nur ab und zu würden wir in so ein Dorf fahren wie heute, die Türen aufreißen und in den Höfen herumschnüffeln.«

»Weißt du noch, wie die Alte dir den Schuh nachgeworfen hat?« fragte ich.

»Ach ja«, sagte er, »war die wütend!«

»Ich glaube, ich muß noch ein wenig darüber nachdenken«, sagte ich.

»Worüber nachdenken?«

»Ob wir heiraten sollen oder nicht.«

»Ah ja«, sagte er, »überlegen wir es uns gut. Aber weißt du, es ist nicht das erstemal, daß ich daran gedacht habe: ich schaute dich an und dachte: Was für ein liebes Mädchen. Ich bin ein guter Mensch:

ich habe schwere Fehler, bin faul, lasse immer alles, wie es ist: bei mir zu Hause ziehen die Öfen nicht, und ich lasse sie so. Aber insgesamt bin ich ein guter Mensch. Wenn wir heiraten, lasse ich die Öfen in Ordnung bringen: und dann werde ich mich um meine Ländereien kümmern. Maddalena wird sich sehr freuen.«
Vor dem Haus öffnete er die Autotür und verabschiedete sich von mir. »Ich komme nicht mit hinauf«, sagte er, »ich fahre das Auto in die Garage und gehe schlafen. Ich bin müde.« Er zog sich die Handschuhe aus und sagte zu mir: »Gib sie Valentino zurück.«
Ich fand Valentino im Salon. Maddalena war schon schlafen gegangen. Valentino las *Das Geheimnis des schwarzen Dschungels.*
»Habt ihr das Dienstmädchen gefunden?« fragte er mich. »Wo ist Kit?« »Er ist schlafen gegangen: er gibt dir die Handschuhe zurück«, sagte ich und warf sie ihm hin. »Bist du nicht schon etwas zu alt, um *Das Geheimnis des schwarzen Dschungels* zu lesen?«
»Rede nicht in diesem schulmeisterlichen Ton mit mir«, gab er zurück.
»Ich bin eine Schulmeisterin«, sagte ich.
»Ich weiß; aber ich verbitte mir diesen Ton.«

Sie hatten mir das Abendessen auf einem Tischchen hier im Salon bereitgestellt, und ich setzte mich und aß: Valentino las immer noch. Nach dem Essen setzte ich mich neben ihn auf den Diwan. Ich legte ihm eine Hand aufs Haar. Er brummte halblaut und unwillig, ohne die Augen vom Buch zu heben.

»Valentino«, sagte ich, »vielleicht werde ich Kit heiraten.«

Er ließ das Buch fallen: er sah mich an. »Ernsthaft?« fragte er.

»Ernsthaft, Valentino«, sagte ich. Da setzte er ein schiefes Lächeln auf, ein irgendwie beschämtes Lächeln; und rückte von mir ab.

»Das meinst du nicht ernst?«

»Aber ja.«

Wir schwiegen ein wenig. Er hatte immer noch dieses schiefe Lächeln: ich konnte ihn nicht ansehen, denn jenes Lächeln gefiel mir nicht: es war ein Lächeln, das ich nicht verstand, ein Lächeln, das eine Scham enthielt: diese Scham verstand ich nicht: ich verstand nicht, was er fühlte.

»Ich bin nicht so jung, Valentino«, fing ich an. »Ich bin fast sechsundzwanzig. Und ich bin kein sehr schönes Mädchen und arm dazu: es würde mir gefallen zu heiraten, ich möchte nicht alleine alt werden. Kit ist ein guter Mensch: ich bin nicht verliebt, aber wenn ich es mir überlege, finde ich, daß er ein anständiger Mensch ist, ein einfacher, aufrichtiger, guter Mann. Also bin ich froh, wenn er mich heiraten will: denn es würde mir gefallen, Kinder zu haben und ein Haus für mich.«

»Ach ja«, sagte er, »verstehe. Dann sieh nur zu. Ich tauge nicht, um Ratschläge zu geben. Aber überlegt es euch noch einmal.«

Er war aufgestanden, streckte die Arme und gähnte. »Er ist schmutzig«, sagte er, »er wäscht sich nicht richtig.«

»Das ist nur ein kleiner Fehler«, sagte ich.

»Ich sag's dir, er wäscht sich überhaupt nicht. Das ist kein kleiner Fehler. Mir gefallen die Leute nicht, die sich nicht waschen. Gute Nacht«, sagte er und streichelte mich flüchtig. Valentino streichelte mich sehr selten, und ich war ihm dankbar.

»Gute Nacht, lieber Valentino«, sagte ich zu ihm.

Die ganze Nacht dachte ich darüber nach, ob ich Kit heiraten sollte. Ich war sehr aufgeregt und konnte nicht schlafen. Ich dachte an den ganzen Tag, den wir zusammen verbracht hatten, erinnerte mich an jede Einzelheit: den Wein, die kleinen Birnen, das Mädchen mit den roten Haa-

ren, die Höfe und die Felder. Es war ein so glücklicher Tag gewesen: ich bemerkte nun, wie wenige glückliche Tage ich in meinem Leben gehabt hatte: wenige freie Tage, nur für mich.
Am nächsten Morgen kam Maddalena und setzte sich zu mir aufs Bett. »Ich habe gehört, daß du Kit heiratest«, sagte sie. »Womöglich ist das gar keine so schlechte Idee, alles in allem. Mir wäre lieber gewesen, du hättest einen ordentlicheren Mann: Kit ist ein Wirrkopf und ein Müßiggänger, ich sage es ihm ständig; und außerdem ist er nicht sehr gesund. Aber vielleicht gelingt es ja dir, ihn aus diesem verqueren Leben, das er führt, herauszuholen. Es ist nicht gesagt, daß es dir nicht gelingt. Sicher, du mußt sehr bestimmt sein mit ihm: sein Haus ist ein wahres Kellerloch: man muß eine Zentralheizung einrichten lassen und die Zimmer streichen. Und er muß jeden Morgen seine Ländereien inspizieren, wie ich es mache: es ist gutes Land und würde etwas einbringen, wenn er dahinterher wäre: du mußt dich dann auch darum kümmern. Du wirst mir entgegenhalten, daß ich mit Valentino auch bestimmter sein müßte: ich versuche immer wieder, ihn zum Studieren anzuhalten, aber am Schluß streiten wir schrecklich, und es geht uns schlecht. Es geht wirklich schlecht

mit uns beiden, und manchmal denke ich, wir sollten uns trennen; aber wir haben die Kinder, und ich habe nicht den Mut dazu. Aber lassen wir jetzt diese traurigen Dinge: du hast dich verlobt, und man muß fröhlich sein. Kit kenne ich, seit er klein war, wir sind zusammen aufgewachsen wie Geschwister: er ist herzensgut, und ich habe ihn sehr gern. Hoffentlich wird er glücklich.«

Meine Verlobung mit Kit dauerte zwanzig Tage. Diese zwanzig Tage durchstreiften wir mit Maddalena Möbelgeschäfte: doch Kit entschloß sich nie zu einem Kauf. Es waren keine sehr glücklichen Tage: ich dachte immer wieder an jenen Tag zurück, als wir das Dienstmädchen gesucht hatten, ich und Kit, und wartete, ob das Glück jenes Tages zu uns zurückkommen würde; aber jenes Glück kam nie mehr. Wir gingen von einem Antiquar zum anderen, immer kam auch Maddalena mit, und Kit und Maddalena stritten, weil er sich nie zu einem Kauf entschließen konnte: und Maddalena sagte, so ließe man sich gute Gelegenheiten entgehen. Das Mädchen mit den roten Haaren war angekommen, sie trug eine schwarze Schürze und ein Spitzenhäubchen, und es war schwer für mich, in ihr die lehmverschmierte Bäuerin jenes Tages wiederzuerkennen: doch jedesmal, wenn ich ihre roten Haare sah, dachte ich an die kleinen Birnen, den Wein, die dunkle Küche, die Steinbank vor dem Haus und die weiten Felder: und ich fragte mich, ob auch Kit noch daran dachte. Mir schien, als hätten wir manchmal ein wenig allein sein sollen, ich und Kit: er aber schien das nicht zu wünschen: immer bat er Maddalena, uns zu begleiten, wenn wir Möbel anschauen gingen, und waren wir zu Hause, spielte er mit Valentino Karten wie immer.

Alle im Haus freuten sich für mich: und die Köchin und die Amme beglückwünschten und erinnerten mich, daß sie mir immer schon gesagt hätten, Kit und ich müßten heiraten. Ich hatte mich, aus gesundheitlichen Gründen, drei Monate von der Schule beurlauben lassen; ich ruhte mich aus und vergnügte mich mit den Kindern im Garten, wenn ich nicht mit Maddalena und Kit auf Möbelsuche gehen mußte. Maddalena hatte mir gesagt, daß sie für meine Aussteuer sorgen würde: und auch zu Clara wollte sie gehen, um ihr zu sagen, daß ich mich verlobt hatte. Clara hatte Kit zwei- oder dreimal gesehen und konnte ihn nicht leiden: doch vor Maddalena war sie stets sehr eingeschüchtert und wagte nichts zu sagen; und vielleicht machte es ihr auch Eindruck, daß ich jemanden heiraten sollte, der Ländereien besaß, und nicht einen Habenichts, wie sie immer geglaubt hatte.

Eines Nachmittags, als ich im Garten war und Wolle aufwickelte, ließ man mich wissen, Kit sei im Salon und verlange nach mir. Ich ging und nahm die Wolle mit, denn ich gedachte ihn zu fragen, ob er sie mir halten könne. Maddalena war nicht da, und Valentino schlief: wir hatten also ein paar Stunden, um ein wenig allein zu sein.

Ich fand ihn im Salon sitzen. Er hatte den Mantel nicht abgelegt und zerknüllte die Baskenmütze in seinen Händen. Er war sehr bleich und niedergeschlagen und lag tief im Sessel, seine langen Beine ausgestreckt.

»Geht es dir schlecht?« fragte ich.

»Ja: es geht mir nicht gut. Ich habe Schüttelfrost. Vielleicht bekomme ich Grippe. Ich werde dir den Strang nicht halten«, sagte er mit Blick auf die Wolle, die ich über dem Arm trug, und bewegte dabei seinen langen Finger verneinend hin und her. »Entschuldige. Ich bin gekommen, um dir zu sagen, daß wir nicht heiraten können.«

Er war aufgestanden und ging im Zimmer auf und ab. Er zerdrückte die Baskenmütze und warf sie dann plötzlich fort. Er trat vor mich hin, wir blieben voreinander stehen, und er legte mir die Hände auf die Schultern. Sein Gesicht war das eines uralten Säuglings, mit den wenigen, gekämmten und feuchten Haaren auf dem langen Schädel.

»Es tut mir so leid, daß ich dir gesagt habe, ich würde dich heiraten. Aber ich kann einfach nicht heiraten. Du bist ein liebes Mädchen, so ruhig, so sanft, und ich hatte eine ganze Geschichte erfunden über uns beide zusammen. Es war eine schöne Geschichte, aber ganz erfunden, gar nicht wahr. Ich bitte dich, verzeih mir. Ich kann nicht heiraten. Ich fürchte mich.«

»Na gut«, sagte ich, »es macht nichts, Kit.« Ich hatte große Lust zu weinen. »Ich bin nicht verliebt, das habe ich dir schon gesagt. Wenn ich mich in dich verliebt hätte, wäre es schwierig gewesen; aber so ist es nicht so schwierig. Man dreht den Kopf zur anderen Seite und denkt nicht mehr daran.«

Ich drehte den Kopf zur Wand. Ich hatte die Augen voller Tränen.

»Ich kann wirklich nicht, Caterina«, sagte er. »Du

darfst nicht um mich weinen, Caterina: es lohnt sich nicht. Ich bin ein Jammerlappen. Die ganze Nacht habe ich darüber nachgedacht, wie ich es dir sagen sollte; und all diese Tage fand ich keine Ruhe. Es tut mir so leid, dir einen Schmerz zugefügt zu haben: einem so lieben Mädchen wie dir. Du hättest es nach kurzer Zeit tödlich bereut: denn du hättest begriffen, daß ich ein Lappen bin, ein Putzlappen, mit dem man den Boden aufwischt.«

Ich schwieg und spielte mit der Wolle: »Jetzt kann ich sie halten«, sagte er, »nun habe ich mit dir gesprochen und bin ruhig. Als ich herkam, fühlte ich mich ganz durcheinander. Und heute nacht habe ich kein Auge zugetan.«

»Nein, ich habe jetzt keine Lust auf die Wolle«, sagte ich, »danke.«

»Verzeih mir«, sagte er. »Ich weiß nicht, was ich tun soll, damit du mir verzeihst. Sag mir, was ich tun kann, damit du mir verzeihst.«

»Nichts, nichts«, sagte ich, »gar nichts, Kit. Es ist ja nichts geschehen: wir hatten die Möbel noch nicht gekauft, es war alles so vage. Es war so dahingesagt, halb im Scherz.«

»Ja, ja, halb im Scherz«, sagte er. »Im Grunde glaubte niemand daran. Aber einen Ausflug könnten wir doch ab und zu miteinander machen, jener Tag war so schön: weißt du noch, die Alte mit dem Schuh?«

»Ja.«

»Keiner verbietet uns, gelegentlich einen Ausflug zu machen. Dazu braucht man nicht verheiratet zu sein. Das machen wir, nicht wahr?«

»Ja. Das machen wir.«

Mit kleinen Schritten ging ich in mein Zimmer hinauf. Ich hatte die Wolle aufzuwikkeln, und auf einmal schien es mir so mühsam, Wolle aufzuwickeln, und auch, die Füße zu heben beim Treppensteigen und mich ausziehen zu müssen und die Kleider auf dem Stuhl zusammenzufalten und mich ins Bett zu legen. Ich wollte das Dienstmädchen rufen, um ihr zu sagen, daß ich Kopfweh hatte und nicht zum Abendessen herunterkommen würde: doch ich wollte das Dienstmädchen nicht sehen, wollte ihre roten Haare nicht sehen und an jenen Tag erinnert werden. Ich dachte, ich sollte sofort das Haus verlassen, gleich am nächsten Tag: Kit nicht mehr sehen. Und ich dachte, daß gar nichts Schönes an meinem Leiden sei, da ich Kit ja nicht liebte: ich fühlte nur Scham: Scham darüber, daß er mir gesagt hatte, wir würden heiraten, und es nun nicht tun konnte. Und mir schien, als habe ich in jenen Tagen soviel nutzlose Anstrengung vergeudet, um all die Dinge auszulöschen, die mir an Kit nicht gefielen, all jene hervorzuheben, die mir gefielen, um zu lernen, mit seinem Gesicht eines alten Neugeborenen zu leben: wieviel sinnlose, nutzlose Anstrengung! wieviel nutzlose, demütigende Anstrengung! Und wie komisch er war, Kit, so voller Schreck, mich wirklich heiraten zu sollen!

Als Maddalena zu mir kam, sagte ich ihr, daß Kit und ich übereinstimmend beschlossen hätten, doch nicht zu heiraten, und daß ich eine Zeitlang fortfahren wollte. Ich sprach leise und hielt das Gesicht zur Wand gedreht: lange hatte ich mir diese Worte überlegt, und nun sagte ich sie ganz leise her, lahm, als habe sich alles vor langer Zeit zugetragen; ich hatte mir vorgenommen, es so zu sagen, damit Maddalena sich nicht mit Kit anlegte, aber auch, um mich nicht so schämen zu müssen; doch Maddalena glaubte nicht, daß wir uns einig gewesen seien in dieser Entscheidung.

»Alle beide habt ihr es bereut? Nein, nur er«, sagte sie und schien nicht erstaunt darüber.

»Alle beide«, wiederholte ich schwach. »Alle beide.«

»Nur er«, sagte sie. »Ich kenne ihn gut. Du bist keine von denen, die dauernd ihre Meinung ändern. Na ja, eigentlich ist es kein großes Unglück; du wirst einen viel besseren Mann finden als Kit. Er ist ein Wirrkopf, dieser Kit. Morgen wird er kommen und dir sagen, daß er dich doch will. Ich kenne ihn. Aber laß die Finger von ihm: du siehst doch, was für ein Wirrkopf er ist, wie unentschlossen: du siehst doch, daß er sich auch bei den Möbeln nie entscheiden konnte.«

»Ich will ein wenig fortfahren«, sagte ich.

»Fort? Wohin?«

»Ich weiß nicht. Etwas allein sein, irgendwo.«

»Wie du meinst«, sagte sie und verließ mich.

Ich brach am nächsten Morgen auf, noch bevor Valentino aufgestanden war: Maddalena half mir beim Kofferpacken, wollte mir Geld geben und kam mit mir zum Bahnhof. »Ciao«, sagte sie und küßte mich. »Streite nicht so viel mit Valentino«, sagte ich zu ihr. »Nein«, sagte sie, »ich will versuchen, nicht zu streiten: und du, wein nicht und mach dir nicht das Leben sauer. Es lohnt sich nicht, für diesen Deppen von Kit.«

Ich fuhr zu Tante Giuseppina. Tante Giuseppina war die Schwester meiner Mutter; sie lebte auf dem Land, in dem Dorf, wo sie ihr ganzes Leben lang Schule gehalten hatte: jetzt hielt sie keine Schule mehr und verbrachte die Tage mit Strikken: sie zahlten ihr ein bißchen was für diese Arbeiten, und davon und von ihrer Pension lebte sie. Ich hatte sie viele Jahre nicht gesehen, und ihre Ähnlichkeit mit meiner Mutter beeindruckte mich: und wenn ich ihren kleinen weißen Knoten und ihr zartes Profil betrachtete, meinte ich wirklich, meine Mutter vor mir zu haben. Ich hatte ihr gesagt, ich sei krank gewesen und brauche Erholung; und sie war voller Fürsorge, achtete darauf, daß es mir an nichts fehlte, kochte mir meine Lieblingsgerichte; vor dem Abendessen ging ich mit ihr spazieren, ganz langsam, ihre magere Hand lag auf meinem Arm, und mir war, als ginge ich mit meiner Mutter.

Ab und zu kamen Briefe von Maddalena, knappe, kurze Nachrichten: mit Valentino gehe es so lala, den Kindern gehe es gut, sie dächten an mich und warteten auf meine Rückkehr. Ich erzählte Tante Giuseppina von Valentinos Kindern und von Claras Kindern, stets wiederholten sich die gleichen Worte, Tante Giuseppina stellte immer dieselben Fragen: vor allem war sie neugierig auf Valentinos reiche Frau, auf ihre Villa mit so vielen Bediensteten und Teppichen: und sie wunderte sich ein wenig, daß ich jene schöne Villa verlassen hatte, um zu ihr zu kommen, in ihr armes, lehmiges Dorf, das so weitab lag.

Ich war schon seit zwei Monaten bei Tante Giuseppina, und die Zeit nahte, da ich wieder in die Schule zurück mußte: also schrieb ich unserer früheren Pförtnerin, sie solle ein Zimmer für mich ausfindig machen, denn ich wollte nicht mehr bei Maddalena wohnen. So bereitete ich mich auf die Rückfahrt vor: und mit Tante Giuseppina besuchte ich reihum ihre Bekannten, um auf Wiedersehen zu sagen und Postkarten zu versprechen.

Eines Morgens erhielt ich einen Brief von Valentino. Es war ein zusammenhangloses Gekritzel. Er schrieb: »Maddalena und ich können nicht mehr zusammenbleiben. Ich bin sehr betrübt. Versuche, bald hierherzukommen.« Und unten auf der Seite stand geschrieben: »Von Kits Tod wirst du erfahren haben.«

Ich wußte nichts. Kit war tot? Und mir schien, als sehe ich ihn, tot, aufgebahrt, mit seinen langen, steif gewordenen Beinen. Ich hatte die ganze Zeit versucht, nicht an ihn zu denken, denn ich liebte ihn zwar nicht, aber es war dennoch hart, daß er mich nicht gewollt hatte: und nun war er tot, Kit! Ich weinte. Ich dachte zurück an den Tod meines Vaters, dann den Tod meiner Mutter; jene Gesichter, die allmählich spurlos im Gedächtnis verschwanden, und umsonst war man bemüht, sich all der Dinge zu entsinnen, die sie immer gesagt hatten; und Kit, was hatte er gesagt? »Erinnerst du dich an die Alte mit dem Schuh?« hatte er gesagt. »Wer verbietet uns, einen Ausflug miteinander zu machen? Ich bin ein Jammerlappen«, hatte er gesagt, »so ein Putzlappen, mit dem man den Boden aufwischt.«

Ich verabschiedete mich von Tante Giuseppina. Im Zug las ich noch einmal Valentinos Brief, dieses zusammenhanglose Gekritzel. Er hatte also wieder mit Maddalena gestritten: inzwischen war ich es gewöhnt, sie streiten zu sehen, und wer weiß, vielleicht würde ich sie schon wieder versöhnt vorfinden. Doch jener Satz »Ich bin betrübt« beeindruckte mich. Jener Satz klang merkwürdig: denn er paßte nicht zu Valentino. Und es war auch seltsam, daß er mir geschrieben hatte, er, dem es davor graute, die Feder in die Hand zu nehmen.

Bei der Tante las ich keine Zeitungen, weil sie keine kaufte und die Zeitungen sowieso in jenem kleinen Dorf stets mit ein paar Tagen Verspätung eintrafen. So hatte ich Kits Tod nicht erfahren. Doch warum hatte Maddalena mir nicht geschrieben? Die Angst preßte mir das Herz zusammen, und ich zitterte, mir war, als habe ich Fieber: der Zug raste durch das Land, und ich sah die Orte wieder, die ich an jenem Tag vom Auto aus gesehen hatte, an jenem Tag, an dem ich mit Kit das Dienstmädchen gesucht hatte und wir so glücklich gewesen waren: und ich dachte an den Wein und die kleinen Birnen und die Alte, die uns den Schuh nachgeworfen hatte.
Es war vier Uhr nachmittags, als ich bei der Villa anlangte. Die Kinder liefen mir im Garten entgegen und begrüßten mich stürmisch. Die Amme wusch im Toreingang, der Gärtner goß die Blumenbeete; also schien alles beim alten zu sein. Ich ging in den Salon hinauf.
Maddalena saß im Sessel, die Brille auf der Nasenspitze, mit einem Berg Socken neben sich, die zu stopfen waren. Gewöhnlich war sie um diese Zeit nicht zu Hause, und jedenfalls stopfte sie keine Strümpfe. »Ciao«, sagte sie und sah mich über die Brille weg an: und mir schien es auf

einmal, als sei sie sehr alt geworden: eine alte Dame.

Ich fragte: »Wo ist Valentino?«

»Nicht mehr hier. Er lebt nicht mehr hier. Wir haben uns getrennt. Setz dich.«

Ich setzte mich. »Wundere dich nicht, daß ich Strümpfe stopfe«, sagte sie zu mir, »es beruhigt die Nerven. Und außerdem will ich nicht mehr leben wie früher: ich will Strümpfe stopfen und mich um das Haus und die Kinder kümmern und viel sitzen. Ich habe es satt, auf meinen Ländereien unterwegs zu sein und herumzuschreien und zu -hetzen. Geld haben wir genug: und jetzt ist ja Valentino nicht mehr da, der es für seine Kleider und die anderen Sachen hinauswirft. Valentino habe ich gesagt, ich werde ihm einen bestimmten Betrag im Monat schicken: einen Umschlag.«

»Valentino wird bei mir wohnen«, sagte ich. »Wir werden zwei Zimmer nehmen. Bis ihr euch versöhnt habt.«

Sie antwortete nicht. Sie stopfte sehr akkurat, preßte dabei die Lippen zusammen und runzelte die Stirn.

»Vielleicht schließt ihr ja bald wieder Frieden«, sagte ich. »Ihr habt schon öfter gestritten und euch dann wieder vertragen. Er hat mir geschrieben, er sei sehr betrübt.«

»Ah, er hat dir geschrieben?« sagte sie. »Was hat er dir geschrieben?«

»Er hat mir geschrieben, daß er sehr betrübt sei, weiter nichts«, sagte ich. »Und da bin ich sofort hergekommen. Und er hat mir geschrieben, daß Kit gestorben ist.«

»Ah, er hat es dir geschrieben«, sagte sie. »Ja, Kit hat sich umgebracht.« Sie sprach mit kalter Stimme, abwesend. Plötzlich ließ sie den Strumpf, den sie gerade stopfte, samt der eingefädelten Nadel sinken. Sie riß sich die Brille herunter und starrte mir mit bösen Augen ins Gesicht.

»So war es«, sagte sie, »er hat sich umgebracht. Er hat die Dienstmagd unter einem Vorwand aus dem Haus geschickt, hat in seinem Schlafzimmer den Kohleofen angeheizt, hat den Deckel abgenommen und die Zugklappe zugemacht. Er hat einen Brief für Valentino hinterlassen. Ich habe ihn gelesen.«

Sie atmete schwer und wischte sich mit dem Taschentuch über Gesicht, Hals und Hände.

»Ich habe ihn gelesen. Und dann habe ich alle Schubladen durchwühlt. Da waren Fotografien von Valentino, und Briefe. Ich will Valentino nie wiedersehen.« Plötzlich begann sie krampfhaft zu schluchzen. »Ich will ihn nie wiedersehen«, sagte sie, »laßt ihn mich bloß nie wiedersehen. Ich kann es nicht ertragen. Alles hätte ich ertragen, jede Frauengeschichte. Aber das nicht.« Sie hob ihr Gesicht auf und sah mich erneut mit bösen Augen an. »Dich will ich auch nicht mehr sehen. Geh weg.«

»Wo ist Valentino?« fragte ich.

»Ich weiß es nicht. Bugliari weiß es. Wir erledigen gerade die Formalitäten für die Trennung. Sag ihm, er soll ganz ruhig sein: jeden Monat wird Bugliari ein Kuvert bringen.«

»Ciao, Maddalena«, sagte ich.

»Ciao, Caterina«, sagte sie. »Komm nicht mehr. Ich möchte lieber niemanden mehr von eurer Familie sehen. Ich möchte lieber meine Ruhe haben.« Sie hatte wieder zu stopfen begonnen. »Ich werde zusehen, daß du die Kinder öfter treffen kannst«, sagte sie, »aber nicht hier. Wir werden es mit dem Rechtsanwalt absprechen. Und jeden Monat werde ich den Umschlag schicken.«

»Der Umschlag ist nicht so wichtig«, sagte ich.

»Doch«, sagte sie, »er ist wichtig.«

Ich ging schon die Treppe hinunter, als sie mich

zurückrief. Ich kehrte um. Da umarmte sie mich noch einmal und weinte, doch diesmal weinte sie ohne Wut, still und kläglich. »Es stimmt nicht, daß ich dich nicht mehr sehen will«, sagte sie, »komm wieder, Caterina, meine liebste Caterina.« Auch ich weinte, und lange hielten wir uns umarmt. Und dann ging ich hinaus in den sonnigen, ruhigen Nachmittag und rief Bugliari an, um zu erfahren, wo Valentino war.

Jetzt leben Valentino und ich zusammen. Wir haben zwei kleine Zimmer mit Küche und einem Balkon davor. Der Balkon geht auf einen Hof, der sehr dem Hof des Hauses gleicht, in dem wir mit Papa und Mama gewohnt haben. Manchmal wacht Valentino morgens mit der Idee auf, er könne Handel treiben: dann kommt er und setzt sich auf mein Bett und phantasiert lange mit Zahlen, Korbflaschen voll Öl und Schiffen; und danach hadert er mit Papa und Mama, die ihn haben studieren lassen, während er sich doch so gut für den Handel geeignet hätte. Ich lasse ihn reden.

Ich halte morgens Schule, und nachmittags gebe ich Privatstunden: da sage ich Valentino dann, er solle sich nicht in der Küche blicken lassen, denn zu Hause läuft er immer in einem alten Schlafrock herum, der inzwischen schon ganz lappig geworden ist. Valentino ist recht gehorsam und fügt sich mir: und er ist auch recht liebevoll, und wenn ich frierend und müde aus der Schule komme, macht er mir eine Wärmflasche zurecht. Er hat zugenommen, denn er treibt gar keinen Sport mehr; und in seinen schwarzen Locken sieht man hie und da eine graue Strähne.

Morgens geht er gewöhnlich nicht aus: er lungert in seinem zerschlissenen Schlafrock im Haus herum, liest Heftchen und löst Kreuzworträtsel. Nachmittags rasiert er sich, kleidet sich an und geht aus: ich folge ihm mit den Augen, bis er um die Ecke biegt: und wohin er dann geht, weiß ich nicht.

Einmal in der Woche, am Donnerstag, kommen die Kinder zu uns. Die *nurse* begleitet sie: sie haben jetzt eine *nurse,* und die Amme ist weggegangen. Und Valentino fabriziert nun für seine Kinder jenes Spielzeug aus Stoff und Sägemehl, das er früher für die Kinder der Pförtnerin verfertigt hatte: Katzen und Hunde und knorrige Teufel.

Wir sprechen nie von Maddalena, Valentino und ich. Auch von Kit sprechen wir nicht. Wir halten unsere Worte fest nur auf kleine Dinge gerichtet, darauf, was wir essen oder auf die Leute, die uns gegenüber wohnen. Ich sehe Maddalena ab und zu. Sie ist sehr fett geworden, ganz grau, und tut wirklich wie eine alte Dame. Sie kümmert sich um ihre Kinder, bringt sie zum Schlittschuhlaufen und organisiert Gartenfeste für sie. Sie fährt jetzt selten auf ihre Ländereien: sie ist müde, und Geld hat sie, sagt sie, mehr als genug. Sie bleibt ganze Nachmittage zu Hause, und Bugliari leistet ihr Gesellschaft. Sie freut sich, mich zu sehen, aber ich darf nicht viel über Valentino sagen: und wie mit Valentino achte ich auch bei ihr darauf, die Worte bei Dingen zu halten, die nicht wehtun: die Kinder, Bugliari, die *nurse*. So habe ich niemanden, mit dem ich wahre Worte sprechen kann: die wahren Worte über unsere Geschichte, so wie sie gewesen ist: und ich behalte sie für mich, und manchmal scheint es mir, als würgten sie mir den Atem ab.

Zuweilen überkommt mich eine große Wut auf Valentino. Ich sehe ihn vor mir, wie er in seinem zerschlissenen Schlafrock zu Hause herumtändelt, raucht und Kreuzworträtsel löst, er, von dem mein Vater glaubte, er würde ein großer Mann werden. Er, der sich immer alles genommen hat, was die Leute ihm gegeben haben, ohne je im

Traum daran zu denken, selbst etwas zu geben, der es keinen einzigen Tag unterläßt, seine Locken vor dem Spiegel zu liebkosen und sich zuzulächeln. Er, der es gewiß nicht versäumt hat, sich selbst am Tag von Kits Tod im Spiegel jenes Lächeln zu schenken.

Doch meine Wut auf ihn dauert nicht lange. Denn er ist das Einzige, was mir in meinem Leben geblieben ist; und ich bin das Einzige, was in seinem Leben geblieben ist. So spüre ich, daß ich mich gegen jene Wut wehren muß; ich muß Valentino treu bleiben, unverrückbar an seiner Seite bleiben, damit er mich findet, wenn er sich zu meiner Seite umwendet. Ich folge ihm mit den Augen, wenn er die Straße entlanggeht, ich begleite ihn mit den Augen bis an die Ecke: und ich freue mich, daß er immer noch so schön ist, mit dem kleinen Lockenkopf auf den breiten Schultern. Ich freue mich über seinen Schritt, der noch so glücklich, siegesgewiß und frei ist: ich freue mich über seinen Schritt, wohin immer er ihn wendet.

Editorische Notiz

Die Erzählung *Valentino* erschien 1957 unter dem gleichnamigen Titel zusammen mit den beiden Erzählungen *La madre* und *Sagittario*. Das Buch erhielt den Premio Viareggio. 1960 erschien die Erzählung *Valentino* in einer Einzelausgabe im Fretz & Wasmuth Verlag, Zürich, in der deutschen Übersetzung von Hedwig Kehrli. Der Text der vorliegenden Ausgabe wurde von Maja Pflug, München, neu übertragen. Das Zitat auf Seite 5 wurde dem Essay *Silenzio* von Natalia Ginzburg in der Übersetzung von Alice Vollenweider entnommen (Nachwort zu Natalia Ginzburg, *Die Stimmen des Abends*. Frankfurt: Suhrkamp Verlag 1982. Bibliothek Suhrkamp 782).

Biographische Notiz

Natalia Ginzburg, 1916 in Palermo als Tochter eines Anatomie-Professors geboren, verbrachte ihre Kindheit und Jugend in Turin. Heiratete 1938 den Dozenten für slawische Literatur Leone Ginzburg, der eine führende Rolle in der antifaschistischen Widerstandsbewegung spielte. 1940–43 gemeinsamer Zwangsaufenthalt mit ihrem Mann und ihren drei Kindern in Pizzoli, einem Bergdorf in den Abruzzen. Nach dem Waffenstillstand (1943) Übersiedlung nach Rom, wo ihr Mann wenig später von deutschen Truppen verhaftet und im Februar 1944 im Gefängnis von Regina Coeli ermordet wurde. Natalia Ginzburg arbeitete in den ersten Nachkriegsjahren als Lektorin im Verlag Einaudi, Mailand. Lebt seit 1952 als freie Schriftstellerin und Übersetzerin in Rom.
Veröffentlichungen:
La strada che va in città (1942); *E' stato così* (1947); *Le voci della sera* (1961; *Die Stimmen des Abends,* 1964); *Tutti i nostri ieri* (1952; *Alle unsere Jahre,* 1967); *Lessico famigliare* (1963; *Mein Familienlexikon,* 1965); *Le piccole virtù* (1962); *Caro Michele* (1973; *Caro Michele,* 1974); *Famiglia* (1977; *Ein Mann und eine Frau,* 1980); *La famiglia Manzoni* (1983); *La città e la casa* (1984).

Die Neue Arche Bücherei
Ein Forum für literarische Kleintexte

1 Pablo Picasso *Wie man Wünsche beim Schwanz packt*
Ein Drama. Übertragen von Paul Celan
Mit Materialien zur Aufführungsgeschichte

2 Gottfried Benn *Statische Gedichte*
Mit einer Druckgeschichte und unveröffentlichten
Benn-Briefen hg. von Paul Raabe

3 Werner Bergengruen *Die drei Falken*
Eine Novelle. Mit dem Vortrag: Novelle und Gegenwart

4 Otto F. Walter und Silja Walter *Eine Insel finden*
Gespräch. Moderiert von Philippe Dätwyler

5 Manfred Hausmann *Da wußte ich, daß es Frühling war*
Eskimolieder. Gesammelt von Knud Rasmussen

6 William Goyen *Nester in einem Steinbild*
Erzählung & Gespräch

7 Peter Bichsel *Des Schweizers Schweiz*
Aufsätze. Mit Fotos von Henri Cartier-Bresson

8 Kurt Schwitters *Tran Nr. 30. Auguste Bolte*
(Ein Lebertran.).

9 Winfried Wolf *Geschichten aus Hotterloch*

10 Otto Höschle *Die Lunte brennt*
Gedichte am Abgrund

11 Albert Camus *Heimkehr nach Tipasa*
Mittelmeer-Essays. Aus dem Französischen von Monique Lang

12 Samuel Beckett *Marcel Proust*
Essay

13 Walter Mehring *Kleines Lumpenbrevier*
Verse und Chansons. Mit unveröffentlichten Mehring-Briefen hg. von Christoph Buchwald

14 Natalia Ginzburg *Valentino*
Erzählung. Aus dem Italienischen von Maja Pflug

15 Silja Walter *Die Feuertaube*
Neue Gedichte. Für meinen Bruder